rororo

rororo

Philip Roth entfaltet in seinem Kurzroman noch einmal seinen ganzen Witz – und seine Ungeniertheit. «Roth-Kenner und andere kommen hier auf ihre Kosten.» («Die Welt»)

Philip Roth, geboren am 19. März 1933 in Newark/New Jersey, studierte an der Bucknell University in Lewisburg/Pennsylvania und graduierte 1955 an der Universität Chicago zum Master of Arts für englische Literatur. Er erhielt mehrere literarische Auszeichnungen. Weltberühmt wurde er durch seinen skandalumwitterten Roman «Portnoys Beschwerden» (rororo Nr. 11731). Für seinen Roman «Sabbaths Theater» (rororo Nr. 22310) erhielt er kürzlich den renommierten National Book Award.

Eine Liste aller lieferbaren Titel des Autors befindet sich im Anhang dieses Buches.

Philip Roth

Die Brust

Deutsch von Kai Molvig

Rowohlt Taschenbuch Verlag

Für Elisabeth Ames, von 1924 bis 1970 Leiterin der Corporation of Yaddo, Saratogo Spring, New York, und diese Gesellschaft – die besten Freunde, die ein Schriftsteller haben kann.

Veröffentlicht im Rowohlt Taschenbuch Verlag GmbH,
Reinbek bei Hamburg, November 1998
Lizenzausgabe mit Genehmigung des Carl Hanser Verlags München Wien

Die Originalausgabe erschien 1972 unter dem Titel
«The Breast» bei Holt, Rinehart & Winston, Inc., New York

Für die freundliche Genehmigung zum Abdruck des Gedichtes von
Rainer Maria Rilke «Archaischer Torso Apollos» aus «Der neuen Gedichte
anderer Teil» danken wir dem Insel Verlag, Frankfurt a. M.
Umschlaggestaltung C. Günther / W. Hellmann
(Illustration: Blair Drawson, Copyright © 1986 by Playboy
mit freundlicher Genehmigung des Playboy Magazine)
Gesamtherstellung Clausen & Bosse, Leck
Printed in Germany
ISBN 3 499 22316 3

Es begann merkwürdig. Aber, wie auch immer der Beginn war, hätte es anders beginnen können? Natürlich heißt es, daß alles unter der Sonne ‹merkwürdig› beginnt und ‹merkwürdig› endet und ‹merkwürdig› *ist*: eine vollkommene Rose ist ‹merkwürdig›, wie auch eine weniger vollkommene, wie auch die ganz gewöhnliche rosenfarbene Rose im Garten Ihres Nachbarn. Ich weiß Bescheid über den Blickwinkel, unter dem *alles* irgendwie furchteinflößend und geheimnisvoll erscheint. Machen Sie sich Gedanken über die Ewigkeit oder, falls Sie dem gewachsen sind, über das Nicht-Sein, und alles, was ist, ist ein Wunder. Trotzdem wage ich, in aller Bescheidenheit, zu behaupten, daß manche Dinge noch wundersamer sind als andere, und zu denen gehöre ich.

Es begann also merkwürdig – mit einem leisen, nur gelegentlich auftretenden Kribbeln zwischen den Beinen. In jener ersten Woche zog ich mich mehrmals am Tag in die unmittelbar neben meinem Büro im Humanities Building gelegene Herrentoilette zurück, um meine Hose herunterzulassen, doch wie sorgfältig ich mich auch untersuchte – ich konnte nichts Außergewöhnliches an mir entdecken. Widerstrebend und kleinmütig (und nicht ganz ernst gemeint) beschloß ich, die Sache nicht weiter zu beachten. Mein ganzes

Leben lang war ich ein inbrünstiger Hypochonder gewesen, hatte so wachsam auf jede Veränderung meiner Temperatur und meiner körperlichen Funktionen geachtet, daß es dem vernünftigen Menschen, der ich zugleich auch bin, schon lange zuvor unmöglich geworden war, die verräterischen Symptome, die ich fast jede Woche an mir feststellte – unweigerlich Anzeichen einer schweren, unheilbaren Krankheit –, ernst zu nehmen. Trotz böser Vorahnungen von Auslöschung, Paralyse oder unerträglichen Schmerzen, die sich bei jeder neuen Beschwerde oder erhöhter Temperatur einstellten, mußte ich mir schließlich sagen, daß ich es immerhin bis zum achtunddreißigsten Lebensjahr ohne irgendeine gravierende Krankheit geschafft hatte. Ich war ein Mann mit glänzender Verdauung, durchaus verläßlicher Potenz, mit Vitalität und gesundem Appetit, 1,78 groß, mit guter Körperhaltung und von kräftiger Konstitution, mit noch fast all meinem Haar und all meinen Zähnen. Folglich – obwohl ich dieses Kribbeln zwischen den Beinen auf die übliche hypochondrische Weise hätte dramatisieren und mit einem nervösen Leiden, wie etwa Gürtelrose (bloß schlimmer), in Verbindung bringen können – dachte ich mir gleichzeitig, daß es zweifellos, wie immer, nichts zu bedeuten hätte.

Ich irrte mich. Es hatte etwas zu bedeuten. Eine weitere Woche verging, bis es mir gelang, eine kaum wahrnehmbare Rötung der Haut unter meinem krausschwarzen Schamhaar zu entdecken; die Verfärbung war indessen so geringfügig, daß ich glaubte, einer Einbildung zu erliegen. Nach wiederum einer Woche – die ‹Inkubations›-Zeit betrug somit einundzwanzig Tage, dies für den Krankenbericht –, als ich abends unter die Brause ging, entdeckte ich bei genauerem Hinsehen, daß während des langen aufreibenden Tages, ausgefüllt mit meinen Vorlesungen, mit Konferenzen und hin- und herfahren und auswärts essen, das Fleisch am Ansatz meines Gliedes sich mattrötlich verfärbt hatte – als sei eine kleine Himbeere oder vielleicht eine Kirsche an meinem Schambein zerquetscht worden (und der Saft auf mein Glied hinuntergelaufen) und habe dessen Wurzel zwar nur strichweise, doch unverkennbar *rot* getönt. Meine Unterhose hat abgefärbt, war mein erster Gedanke (daß die Unterhose, die ich an diesem Tage getragen hatte und die nun vor mir auf dem Boden lag, blaßblau war, sagte mir in diesem Augenblick panikartiger Ungläubigkeit weniger als nichts). Unter der Brause wusch ich Penis und Schamhaar dreimal nacheinander gründlich, spülte den Seifenschaum fort, dann seifte ich mich von den Schenkeln bis aufwärts zum Nabel dick ein. Nachdem ich warmes Wasser – dieses Mal unangenehm warm, um nicht zu sagen heiß – über mich hatte laufen lassen, war der Fleck immer noch da. Kein Ausschlag, kein Schorf, weder eine Abschürfung noch eine wunde Stelle, sondern eine eindeutige Pigmentveränderung, die ich in Gedanken sofort mit Krebs in Verbindung brachte.

Ich rief umgehend meinen Arzt in seiner Wohnung an. Dr. Gordon ist ein gründlicher und gewissenhafter Mann, und obwohl ich mich bemühte, meine heftige Bestürzung zu unterdrücken, hörte er die Angst in meiner Stimme und erklärte sich bereit, sich wieder anzukleiden, durch die halbe Stadt zu fahren und mich bei mir zu Hause zu untersuchen. Es war Mitternacht – der Zeitpunkt, zu dem nach Ansicht Wundergläubiger Verwandlungen stattfinden – und somit äußerst schwierig, in New York City einen Arzt herauszutrommeln. Wäre Claire an diesem Abend bei mir gewesen, statt in ihrer eigenen Wohnung einen Rechenschaftsbericht für irgendein Komitee vorzubereiten, hätte ich in meiner Angst vielleicht den Mut aufgebracht und den Arzt gebeten, so rasch wie möglich zu kommen. Natürlich ist es unwahrscheinlich, daß Dr. Gordon mich aufgrund meiner derzeitigen Symptome in ein Krankenhaus überwiesen hätte, wie es unwahrscheinlich ist, daß aufgrund dessen, was wir jetzt wissen – oder nach wie vor nicht wissen – in einem Krankenhaus irgend etwas hätte getan werden können, um die Katastrophe zu verhindern oder aufzuhalten. Die Pein und Panik der folgenden vier Stunden hätten möglicherweise mit Morphium gemildert werden können, doch nichts deutet darauf hin, daß der Prozeß als solcher durch einen wie immer gearteten ärztlichen Eingriff aufgehalten worden wäre, es sei denn durch Euthanasie.

Also: mit Claire neben mir hätte es durchaus sein

können, daß ich völlig zusammengebrochen wäre, doch allein mit mir selbst schämte ich mich plötzlich meiner unmännlichen Haltung, der Art und Weise, in der ich so gänzlich die Beherrschung über mich verloren hatte; es war erst drei Minuten her, daß ich den Fleck an mir entdeckt hatte, und da hockte ich nun, naß und nackt, auf meinem Ledersofa und versuchte vergeblich das Zittern meiner Stimme zu unterdrükken, während ich meinen Penis betrachtete und dem Arzt beschrieb, was ich dort sah. *Reiß dich zusammen*, dachte ich – und so riß ich mich also zusammen, wie ich das kann, wenn ich es von mir verlange. Ich sagte, wenn es sich darum handelte, was ich im ersten Schreck angenommen hätte, so hätte es Zeit bis morgen, und wenn nicht, ebenfalls. Es wäre alles halb so schlimm. Ich sei erschöpft von einem langen, anstrengenden Tag, ich hätte mich eben bloß sehr – erschreckt. Ich würde ihn – und dieses fand ich tapfer von mir – morgen um die Mittagszeit in seiner Praxis aufsuchen. Um neun, sagte er. Ich erklärte mich einverstanden und sagte, so ruhig ich konnte: «Gute Nacht.»

Ich hatte dem Arzt am Telefon eingehend über das Kribbeln zwischen den Beinen berichtet und ihm mit, wie ich hoffte, ‹medizinischer› Objektivität meinen verfärbten Penis beschrieben. Ein drittes Symptom hatte ich unerwähnt gelassen, da ich es, bevor das Gespräch beendet war, nicht mit meiner ‹Verfassung› in Verbindung gebracht hatte. Und zwar handelte es sich um die geradezu dramatische Steigerung des Lustgefühls, das ich in den letzten drei Wochen empfunden hatte, wenn ich mit Claire schlief. Ich hatte es mir bis jetzt mit dem Wiederaufleben meiner Begierde nach ihr erklärt. Wieso und weshalb dem so war, wußte ich nicht zu sagen – sie war für mich nach wie vor die gleiche begehrenswerte schöne junge Frau –, doch es beglückte mich, daß es wieder da war. Tatsache ist, daß die heftige Begierde, die ihr schöner Körper während der ersten beiden Jahre unserer Beziehung in mir erweckt hatte, im Laufe des letzten Jahres immer mehr geschwunden war, bis ich nur noch zwei, höchstens drei Male im Monat mit ihr schlief, und auch dann ging es meistens von ihr aus.

Meine Abkühlung, meine Kälte ihr gegenüber hatte uns beiden Kummer bereitet, doch da wir beide im Leben beträchtlichen emotionalen Schwankungen und psychischer Desorientierung ausgesetzt gewesen waren (sie als Kind mit ihren einander erbittert bekämpfenden Eltern, ich mit einer Furie als Frau), widerstrebte es uns beiden gleichermaßen, der erwähnten Umstände halber irgendwelche Schritte zur Auflösung unserer Beziehung zu unternehmen. So entmutigend, wie es zweifellos für eine anziehende junge Frau von fünfundzwanzig war, Nacht für Nacht verschmäht zu werden, so wenig ließ Claire sich etwas anmerken, sei es Argwohn oder Enttäuschung oder Leid oder Zorn, der selbst mir, dem Anlaß ihres Unglücks, unter den gegebenen Umständen gerechtfertigt erschienen wäre.

Ja, sie zahlt ihren Preis für diesen ‹Gleichmut› – sie ist nicht gerade die interessanteste Frau, die ich je gekannt habe, so leidenschaftlich sie im Bett auch sein mag, doch ich habe den Punkt in meinem Leben erreicht – das heißt, ich *hatte* ihn erreicht –, da ein ruhiger Hafen mit seinem klaren, stillen Wasser mir mehr zusagte als das schäumende Drama der aufgewühlten See. Wo einst Spontaneität und Temperament mich betört hatten, beruhte mein Wohlbefinden nun auf Ausgeglichenheit und Verläßlichkeit. Wenn ihre Gelassenheit Claire zuweilen im Gespräch oder in Gesellschaft weniger sprühend und farbloser erscheinen ließ, als ich es mir gewünscht hätte, so war ich doch zu sehr von ihrer verläßlichen, nüchternen Besonnenheit angetan, um ihr besagte Farblosigkeit ernstlich übelzunehmen. ‹Farbe› hatte ich zur Genüge gehabt, vielen Dank: sechs Jahre lang.

Was *mich* an meiner schwindenden Begierde so betrübte, war, daß Claire und ich im Laufe unserer gemeinsamen drei Jahre eine Art des Zusammenlebens – die das getrennte Leben mit einschloß – entwickelt hatten, die uns die Wärme und Sicherheit der gegenseitigen Zuneigung und des Umgangs miteinander gab, ohne die sonst damit verbundene Last der Abhängigkeit oder der zermürbenden Langeweile oder der wilden, ziellosen Sehnsucht, oder der immerwährenden taktischen Winkelzüge des Betruges, der Versöhnungen und der Machtkämpfe, die fast alle uns bekannten Ehen zu versauern schienen. Dank ihrer unglücklichen Kindheit war Claire, was die Ehe anging, ebenso illusionslos und entschieden dagegen, wie ich dank meiner eigenen glücklosen Erfahrungen auf diesem Gebiet. Auch wenn diese Erfahrungen einmalig gewesen sein mögen, so hatten sie trotzdem einen übermächtigen Widerstand gegen die Ehe in mir wachgerufen, und ich hatte mir geschworen, daß ich nie wieder etwas damit zu tun haben wollte. Außerdem schien niemand sich so vernünftig und zufriedenstellend arrangiert zu haben wie wir; wir kamen so gut und mühelos miteinander aus, wir mochten einander so gern, daß es mir fast wie eine Katastrophe vorkam (was wußte ich schon von Katastrophen), als mir, aus heiterem Himmel, unsere sexuelle Bindung kein rechtes Vergnügen mehr bereitete und mich zu langweilen begann. Ein Jahr zuvor hatte ich eine fünf Jahre währende psychoanalytische Behandlung hinter mich gebracht und mit der Überzeugung beendet, daß die Wunden, die mir meine Grand Guignol-Ehe (und die Zerreißprobe der Scheidung) geschlagen hatte, so gut wie möglich verheilt waren; ich war nicht mehr der Mann von einst, doch auch nicht mehr ein blutiger Anfänger, der, die Trommel des Selbstmitleids schlagend, mit verbundenem Kopf von jenem Schlachtfeld, genannt Haus und Herd, tränenüberströmt in die Praxis des Psychoanalytikers gehinkt kam. Durch Claire war Ordnung und Beständigkeit in mein Leben gekommen – das erste Mal seit über zehn Jahren, daß ich das von meinem Leben sagen konnte; ich spürte festen

Boden unter den Füßen, fühlte mich geborgen, innerlich gefestigt und meiner selbst so sicher, wie ich es nicht mehr gewesen war, seit ich als Senior im College erkannt hatte, daß ich ein ernstzunehmender und intelligenter Mensch bin. Erst jetzt, mitten im Überfluß, trat dieses Nachlassen der Begierde nach ausgerechnet der Frau auf, die mir so sehr dabei geholfen hatte, mein neues Leben in Zufriedenheit aufzubauen. Es war eine verstörende, deprimierende Entwicklung und, so sehr ich mich auch bemühte, ich schien unfähig, es zu ändern. Schließlich machte ich mir nicht mehr das geringste daraus, sie zu berühren oder von ihr berührt zu werden. Ich hatte, um es genau zu sagen, bereits einen Termin bei meinem früheren Psychiater, um mit ihm über mein Dilemma zu sprechen, als ich, wiederum aus heiterem Himmel, plötzlich mehr Leidenschaft entwickelte, als ich es je bei ihr oder einer anderen Frau getan hatte.

Vielleicht ist Leidenschaft nicht das richtige Wort, sagen wir: aufgeschlossener für unmittelbare Sinneslust, für rein taktile Wonne. Sex, nicht im Kopf und auch nicht im Herzen, sondern auf fast folternde Weise ausschließlich in der Epidermis des Gliedes, sozusagen gänzlich äußerlicher, ekstatischer Sex. Im Bett wand ich mich vor Lust, krallte mich, hin und her ruckend, in die Laken und verdrehte den Kopf und die Schultern auf eine Weise, die ich bis dahin in Gedanken eher mit Frauen als mit Männern in Verbindung gebracht hatte, und das wiederum eher mit Phantasiegestalten als mit wirklichen Frauen. Wenn ich zuweilen das Gefühl hatte, ich könne diese komprimierte Erregung einfach nicht länger ertragen, *schrie* ich fast vor Lust, und wenn ich kam, nahm ich Claires Ohr in den Mund und leckte daran wie ein Hund. Ich leckte ihr Haar. Ich überraschte mich dabei, wie ich keuchend meine eigene Schulter leckte. Während der letzten Woche meiner Inkubationszeit wälzte ich mich auf ihr wie ein Tier in ständiger Brunst. Nachdem ich fast ein Jahr gleichgültig neben ihr gelegen hatte, trat ich nun in eine, sie und mich dafür entschädigende Phase erotischer Aufgeschlossenheit und sinnlichen Auslebens, mit nichts zu vergleichen, was ich bis dahin erlebt hatte – so schien es jedenfalls. «Nennt man das hier Ausschweifung?» fragte ich meine glückliche Freundin, deren blasse Haut die Spuren meiner Zähne zeigte. Sie lächelte nur. Ihr Haar war strähnig von Schweiß, wie das eines kleinen Mädchens, das zu lange draußen in der Hitze gespielt hat. Lust spendende Claire.

Doch ach, was mir geschehen ist, hat noch niemand an sich erfahren: jenseits von Verstehen, jenseits von Mitleid, jenseits von Komik – obwohl es, ich weiß, Menschen gibt, die behaupten, kurz vor dem Abschluß einer wissenschaftlichen Erklärung zu stehen, und andere, meine treuen Besucher, deren Mitgefühl tief empfunden, trauervoll und zugeneigt ist; und dann gibt es noch diejenigen – es kann nicht anders sein – da draußen in der Welt, die, ob sie wollen oder nicht, darüber lachen müssen. Und, zuweilen, bin ich einer von ihnen: ich verstehe, ich habe Mitleid, ich sehe die Komik. Wenn ich das Lachen nur für länger als einige wenige Sekunden durchhalten könnte – wenn es nur nicht so kurz wäre, und so bitter. Aber vielleicht ist es das, worauf ich mich einzustellen habe – wenn es den Medizinern gelingt, mir das Leben in meinem jetzigen Zustand zu erhalten, und wenn ich weiterhin wünschen sollte, daß sie es tun.

Ich bin eine Brust. Ein Phänomen, das mir unter anderem als ‹geballte hormonale Ausschüttung›, als ‹endokrine Katastrophe› und/oder als eine ‹hermaphroditische Explosion der Chromosomen› beschrieben worden ist, hat am 18. Februar 1971, zwischen Mitternacht und vier Uhr morgens, in meinem Körper stattgefunden und mich in eine jeglicher menschlichen Form entbehrende Milchdrüse verwandelt, in eine Brust, wie sie eigentlich nur im Traum oder auf einem Bild von Dalí denkbar ist. Man sagt mir, daß ich nun ein Organismus von schwammiger Beschaffenheit etwa in der Form eines Fußballs oder Luftballons sei, ich wöge annähernd 140 Pfund (vorher waren es 145), meine Größe (resp. Länge) betrage nach wie vor 1,78. Obwohl sich auch in dieser zerstörten, ‹irregulären› äußeren Form ein Großteil des kardiovaskulären und des zentralen Nervensystems erhalten hat, dazu ein Ausscheidungsapparat, der als ‹reduziert und primitiv› bezeichnet wird – ich entleere mich mit Hilfe von Schläuchen und Kathetern –, sowie ein Atmungssystem, das sich oberhalb meiner ‹Körper›-Mitte befindet, dessen Ausgang einem Nabel mit einem lose darüber liegenden Hautlappen ähnelt, ist die grundlegende Struktur, in der sich diese menschlichen Charakteristika ungeordnet verbergen, die der Milchdrüse eines weiblichen Säugetiers.

Der Hauptteil meiner Körpermasse besteht aus fetthaltigem Gewebe. Am einen Ende bin abgerundet wie eine Wassermelone, am anderen laufe ich in eine zylindrisch geformte Brustwarze aus, die 12,5 cm aus meinem ‹Körper› herausragt und deren Spitze siebzehn Öffnungen aufweist, jede davon etwa halb so groß wie der Ausgang der männlichen Harnröhre. Man sagt mir, daß dieses die Mündungen der milchführenden Kanäle seien. Soweit ich es ohne Hilfe von graphischen Darstellungen verstehe – ich bin blind –, werden diese Kanäle von milcherzeugenden Lobulärzellen gespeist. Aus der normalen Brustwarze tritt die Milch aus, sobald an ihr gesogen oder sie auf mechanische Weise gemolken wird.

Mein Fleisch ist glatt und ‹jugendlich›, und sie sagen, ich sei immer noch ein ‹Kaukasier›. Meine Brustwarze ist rosenfarben. Dieses wird als ungewöhnlich betrachtet, da ich in meiner früheren Inkarnation ein ausgesprochen brünetter Typ war. Ich sagte dem Endokrinologen, der diese Beobachtung gemacht hatte, ich selbst fände das weniger ‹ungewöhnlich› als gewisse andere Aspekte meiner Verwandlung, aber schließlich sei nicht ich der zuständige Endokrinologe hier. Es war ein bitterer Scherz, aber immerhin zum ersten Mal ein Scherz, und sicherlich wurde er als beginnende ‹Anpassung› an meine neue Situation gewertet.

Meine Brustwarze ist also rosenfarben – wie der Fleck, den ich an meiner Gliedwurzel entdeckt hatte, als ich an dem Abend unter die Brause ging, an dem mir das alles zustieß. Da die Öffnungen in der Brustwarze für mich so etwas ähnliches wie Mund und Ohren sind – zumindest bin ich imstande, mich durch meine Brustwarze verständlich zu machen und, sehr gedämpft, zu hören, was um mich her geschieht –, hatte ich zunächst angenommen, mein Kopf sei zur Brustwarze geworden. Die Ärzte hingegen haben eine andere Hypothese aufgestellt, zumindest in diesem Monat. Mit kaum einer Möglichkeit, diese Theorie über irgendeine andere zu stellen, behaupten sie nun, die faltig-aufgerauhte Oberhaut der Brustwarze – die zugegebenermaßen auf Berührung so sensibel anspricht wie keine Stelle des Gesichts, die Schleimhaut der Lippen eingeschlossen – habe sich aus der Eichel gebildet. Ebenso heißt es, daß der körnig-rötliche Hof, der die Brustwarze umgibt und die Muskeln enthält, die die Warze versteifen, wenn ich erregt bin, eine Metamorphose des Penisschafts sei, die sich infolge eines massierten Ansturms (wie einige sagen) der von der Hypophyse gesteuerten ‹mammotropen› Sekrete vollzogen habe. Zwei dünne, lange, rötliche Haare ragen aus einer der kleinen Erhebungen am Rand des Brustwarzenhofes heraus. «Die müssen sonderbar aussehen. Wie lang sind sie?»

«Genau fünfzehn Zentimeter.»

«Meine Antenne.» Die Bitterkeit. Dann die Ungläubigkeit. «Würden Sie bitte an einem der Haare ziehen?»

«Wenn Sie wollen, David, tu ich es, ganz vorsichtig.»

Dr. Gordon hatte nicht gelogen. Es wurde an einem Haar meines Körpers gezogen – ein vertrautes Gefühl, das mich wünschen ließ, ich wäre tot.

Natürlich dauerte es nach meiner Transformation mehrere Tage, bis ich das Bewußtsein wiedererlangte, und eine weitere Woche, bis sie mir irgend etwas anderes sagten, als daß ich «sehr krank» gewesen sei, eine ‹endokrine Störung›, und selbst in dieser Unwissenheit wehklagte ich jedesmal so erbärmlich, sobald ich beim Erwachen immer wieder feststellte: ich kann weder sehen, riechen, etwas schmecken, noch mich bewegen, daß man mich laufend unter schweren Beruhigungsmitteln halten mußte. Wenn mein ‹Körper› berührt wurde, wußte ich nicht, was ich davon halten sollte. Das Gefühl war, gänzlich unerwartet, besänftigend und angenehm, doch so undifferenziert, daß es mich noch am ehesten an über die Haut rinnendes Wasser erinnerte. Eines Morgens erwachte ich davon, daß irgend etwas Sonderbares mit meinem einen Ende vor sich ging. Es war kein Schmerz, und doch schrie ich: «Ich habe mich verbrannt! Um mich waren Flammen!»

«Beruhigen Sie sich, Mr. Kepesh», sagte eine Frauenstimme. «Sie werden ja nur gewaschen. Ich wasche bloß Ihr Gesicht.»

«Mein Gesicht? *Wo* ist mein Gesicht? Wo sind meine Arme? Meine Beine? Wo ist mein Mund? Was ist mit mir geschehen!»

Jetzt sprach Dr. Gordon. «Sie sind im Lenox Hill-Krankenhaus, David. Sie befinden sich in einem Einzelzimmer im siebenten Stockwerk. Sie sind seit zehn Tagen hier. Ich habe jeden Morgen nach Ihnen gesehen, und abends noch einmal. Sie haben die beste Pflege und es ist stets jemand für Sie da. Im Augenblick werden Sie bloß gewaschen, mit einem Schwamm und warmem Seifenwasser. Tut Ihnen das weh?»

«Nein», wimmerte ich, «aber wo ist mein Gesicht ...?»

«Nun lassen Sie die Schwester ihre Arbeit beenden, und im Verlauf des Vormittags werden wir uns ein wenig unterhalten, wenn es Ihnen entsprechend gut geht. Jetzt ruhen Sie sich erst mal tüchtig aus.»

«Was ist mit mir geschehen?» Wenn ich an jene Nacht in meiner Wohnung zurückdachte, erinnerte ich mich nur an Schmerz und Panik: es war mir vorgekommen, als würde ich immer und immer wieder aus einer Kanone gegen eine Ziegelmauer geschossen und anschließend von unzähligen schweren Stiefeln zertrampelt. In Wirklichkeit war es jedoch eher so gewesen, als hätte ich aus einer Karamelmasse bestanden und wäre von meinem Penis und meinen Gesäßbacken in entgegengesetzte Richtungen gezerrt worden, bis ich so breit war, wie vorher lang. Die Ärzte sind der Meinung, daß ich nicht länger als eine oder zwei Minuten bei Bewußtsein gewesen sein kann, nachdem die ‹Explosion› oder ‹Katastrophe› eingesetzt hatte, doch rückblickend scheint es mir, ich sei so hellwach gewesen, daß ich genau gespürt hätte, wie mir jeder einzelne Knochen im Leibe gebrochen und anschließend zu Staub gehämmert oder zertrampelt worden wäre.

«Beruhigen Sie sich doch, David, Sie müssen ganz ruhig werden –»

«Wie werde ich ernährt!»

«Intravenös. Sie bekommen alles an Nährstoffen, was Sie brauchen.»

«Wo sind meine Arme!»

«Jetzt lassen Sie sich von der Schwester waschen, und dann wird sie Sie einölen und Sie werden sich gleich besser fühlen. Und dann werden Sie schlafen können.»

So wurde ich also jeden Morgen gewaschen, doch muß es eine weitere Woche oder noch länger gedauert haben, bis ich mich so weit beruhigt hatte, um die Gefühle, die ich bei der Morgenwäsche empfand, mit erotischer Stimulation in Verbindung zu bringen. Inzwischen hatte ich den Schluß gezogen, ich sei vollamputiert. Ich stellte mir vor, daß der Warmwasserboiler unter dem Schlafzimmer meiner Parterrewohnung in die Luft geflogen sei und die Explosion mich blind gemacht und verstümmelt habe. Ich schluchzte fast ununterbrochen und schenkte den Erklärungen Dr. Gordons und seiner Kollegin über Hormone usw., mit denen sie mir nach wie vor meine ‹Krankheit› plausibel machen wollten, nicht den geringsten Glauben. Dann, eines Morgens, erschöpft und stumpf von all den Tagen tränenlosen Schluchzens, verspürte ich sexuelle Erregung. Es war eine sanft pulsende Sensation in der Nähe dessen, was ich immer noch als mein ‹Gesicht› betrachtete, ein wohltuendes Gefühl von – von Blutandrang. Ich wurde gerade gewaschen.

«Gefällt Ihnen das?» Es war eine Männerstimme! Die eines Fremden!

«Wer sind Sie? Wo bin ich?»

«Ich bin der Krankenpfleger.»

«Wo ist die Schwester?»

«Heute ist Sonntag. Beruhigen Sie sich, Dave, es ist ja nur Sonntag.»

Am nächsten Morgen trat die Schwester, begleitet von Dr. Gordon, wieder ihren Dienst an. Als mein ‹Gesicht› gewaschen wurde, verspürte ich wieder die gleichen Gefühle, die das Liebesspiel begleiten, doch dieses Mal ließ ich es zu, daß sie mich überfluteten. Als sie begann, mich mit Hautöl einzureiben, flüsterte ich: «Das tut gut.»

«Was?» fragte Dr. Gordon.

Ich spürte nun die Berührung von jedem ihrer Finger; dann bewegte sich etwas auf mir, in langsamen, sanften Kreisen. Ihre weiche Handfläche.

«Oh, oh», rief ich aus, als jenes köstliche Gefühl der Aufgestautheit, das im Idealfalle einer Ejakulation vorausgeht, mein ganzes Sein durchdrang, «oh, wie das gut tut!» Und dann begann ich hemmungslos zu schluchzen und mußte schließlich ein Schlafmittel bekommen.

Kurze Zeit danach klärten Dr. Gordon und Dr. Klinger (der mich fünf Jahre lang psychiatrisch behandelt hatte) mich gemeinsam darüber auf, was aus mir geworden war.

Man wusch mich jeden Morgen behutsam, jedoch gründlich, und danach wurden meine Brustwarze und ihr Hof mit Hautöl eingerieben. An den sechs Wochentagen wurden diese Waschungen von einer Frau, Miss Clark, ausgeführt, und am Sonntag von dem Mann. Zehn weitere Wochen vergingen, ehe sich mein Entsetzen, das durch das Anhören der Wahrheit über meinen Zustand ausgelöst worden war, so weit gelegt hatte, daß ich mich unter Miss Clarks hilfreichen Händen erneut völlig entspannen konnte. Wie sich herausstellte, war es mir nicht möglich, mich der durch das Einölen meiner Brustwarze erzeugten ungeheuer starken sexuellen Erregung uneingeschränkt hinzugeben, bevor Dr. Gordon sich bereit erklärt hatte, mich mit der Schwester allein zu lassen. Dann allerdings waren meine Lustgefühle kaum noch zu ertragen, auf köstliche Weise ‹kaum› – sie glichen dem, was ich in jenen letzten Wochen beim Beischlaf mit Claire empfunden hatte, nur schienen diese Gefühle noch intensiver, da sie mich im Zustand äußerster Hilflosigkeit und in völligem Dunkel überkamen, und dazu von etwas mir Unbekanntem ausgelöst wurden, etwas anscheinend ungeheuer Großem, das sich ausschließlich mir und meiner Lust widmete. Inzwischen lag ich, von weichen Riemen umgürtet, in einer Art Hängematte – meine

Brustwarze am Kopfteil und mein abgerundetes unteres Ende am Fußteil dieser geknüpften Vorrichtung –, und nachdem Miss Clark sich mit der Waschschüssel und den Ölphiolen (ich stellte mir Phiolen vor, nicht Flaschen) zurückgezogen hatte, ließen meine Windungen und Zuckungen die Hängematte lange herrliche Minuten hin und her schwingen. Sie schwang immer noch, während meine Brustwarze erschlaffte und ich langsam in Schlaf sank, in den Schlaf der Befriedigten.

Ich sage, der Arzt habe sich bereit erklärt, den Raum zu verlassen. Aber wie soll ich wissen, ob und wann jemand den Raum verläßt? Das Vernünftigste ist wohl anzunehmen, daß ich in Wirklichkeit unter ständiger Beobachtung stehe, wenn nicht von einem Team wissenschaftlicher Beobachter (mit dem ich mich möglicherweise in einem Hörsaal befinde?), dann über Hausfernsehen. Dr. Gordon versichert mir, daß ich nicht mehr überwacht werde als jeder andere ‹schwierige Fall›, doch wer oder was kann mich davor bewahren, betrogen zu werden? Mein Vater? Claire? Dr. Klinger? Wer könnte wohl so töricht sein, unter so fatalen Umständen wie diesen meine Bürgerrechte für mich wahrzunehmen? Das wäre wirklich lächerlich. Und warum sollte ich, in diesem Zustand, mir darüber Sorgen machen, ob ich allein bin oder nicht, wenn ich glaube allein zu sein? Es wäre durchaus möglich, daß ich unter einer schalldichten Glaskuppel mitten im Madison Square Garden liege, oder in einem Schaufenster von Macy – wo läge der Unterschied? Wo immer sie mich untergebracht haben, wer immer mich anstarren mag – in Wahrheit bin ich so allein, wie ein Mensch es sich nur wünschen kann. Vermutlich wäre es das beste, nicht mehr allzuviel an meine ‹Würde› zu denken, ganz gleich, was sie dem Literaturprofessor, dem Liebhaber, dem Sohn, dem Freund, dem Nachbarn, dem Konsumenten, dem Klienten und dem Bürger bedeutete, der ich einst war. Man sollte denken, daß eine der Konsequenzen einer solchen Verwandlung die wäre, daß das Opfer, zumindest in seinem gegenwärtigen Zustand, davon abläßt, sich mit Dingen wie Schicklichkeit und Dekorum und persönlichem Stolz herumzuschlagen. Da diese Dinge jedoch innig mit meiner Vorstellung von geistiger Gesundheit und Selbstachtung verknüpft sind, *schlage* ich mich damit herum, wie ich es in meinem früheren Leben nicht getan habe, indem der gesellschaftliche Zwang, dem die gebildeten Schichten sich mehr oder weniger unterwerfen, mir eine echte ästhetische und moralische Befriedigung verschafft hatte. Wenn ich vielleicht, im Alter von achtunddreißig Jahren, im allgemeinen eine Spur förmlich, um nicht zu sagen reserviert, geworden war, so glaube ich nicht, daß ich deshalb mit meinen nächsten Freunden weniger offen und ehrlich oder weniger vertraut gewesen wäre. Doch nun ist der Gedanke, daß meine sexuelle Raserei ‹live› auf dem Bildschirm zu sehen ist, der Gedanke, daß ich, wenn ich ‹onaniere›, von Hunderten von Zuschauern dabei beobachtet werde, äußerst verstörend und *verletzend*. Wie kleinlich, wie ‹verklemmt› von mir unter den obwaltenden Umständen, könnten Sie sagen; jedoch, mein in Freiheit lebender Freund, was wissen Sie schon von den ‹Umständen›? Also: wenn Dr. Gordon mir versichert, daß meine ‹Privatsphäre› respektiert werde, widerspreche ich ihm nicht mehr. Ich sage: «Ich danke Ihnen für Ihre Rücksichtnahme.» Auf die Weise kann ich ihnen wenigstens vormachen, ich glaubte allein zu sein, selbst wenn ich es nicht bin.

Verstehen Sie, es geht nicht darum, das zu tun, was angebracht oder schicklich ist; ich versichere Sie, es bekümmert mich nicht weiter, daß ich als Brust qualifiziert werde. Eher geht es darum, das zu tun, was ich täte, wenn ich weiterhin ich selbst bliebe. Und das bleibe ich, denn wer sonst sollte ich werden? Oder was? Entweder fahre ich fort, ich selbst zu sein, oder ich verliere den Verstand, und dann werde ich ganz sicherlich sterben. Und es sieht so aus, als wolle ich nicht sterben; das überrascht auch mich etwas, aber so ist und bleibt es vorläufig. Ich erwarte kein Wunder, irgendeine Art Vergeltungsangriff meiner *anti*mammotropen Hormone, wenn es die gibt (und Gott allein weiß, ob jemand von meiner Beschaffenheit sie dann auch produziert), die meine frühere Physis wiederherstellen würde, ich fürchte, dazu ist es etwas spät; nicht mit dieser immerwährend pochenden Hoffnung in der Brust verlangt es die Brust danach, weiter zu leben. Ich bestehe darauf, daß ich menschlicher Natur bin, aber so menschlich nun auch wieder nicht. Und es ist mittlerweile nicht so, daß ich leben möchte, weil ich dazu imstande bin, weil das Schlimmste überstanden ist; ich bin gar nicht so sicher, daß es sich so verhält. Trotz all meines ‹Gleichgewichts› und der scheinbaren ‹Objektivität›, die es mir erlauben, die Geschichte meines Unglücks zu erzählen, glaube ich zuweilen, daß das Schlimmste mir noch bevorsteht. Es ist also dieses: da ich mich vor dem Tod fürchte, seit ich zwei Jahre alt war, habe ich mich hinter diesem meinem Haß auf den Tod verschanzt, habe Stellung *gegen* den Tod genommen, die ich nicht aufgeben kann, bloß, weil mir *das* hier zugestoßen ist. So schrecklich *das* auch ist, mein ältester und herzlosester Feind, die Auslöschung, kommt mir noch entsetzlicher vor. Also, werden Sie sagen, ist *das* vielleicht gar nicht so entsetzlich. Nun, geneigter Leser, sagen Sie es, wenn Sie wollen. Ich weiß nur: ich wollte so lange Zeit nicht sterben, daß ich mich, was das angeht, nicht über Nacht umstellen kann.

Daß ich nicht gestorben bin, interessiert die Wissenschaft in hohem Grade, wie Sie sich vorstellen können; mit *diesem* Wunder beschäftigen sich, wie man mir sagt, Mikrobiologen, Physiologen, Biochemiker usw. ununterbrochen; ganze Teams von ihnen arbeiten hier im Krankenhaus und in medizinischen Instituten überall im Lande; sie versuchen herauszukriegen, wieso ich noch lebe. Dr. Klinger meint, wie immer sie auch das Puzzlespiel zusammenlegen – letzten Endes würde alles auf die sattsam bekannten Gemeinplätze ‹Charakterstärke› und ‹Lebenswillen› hinauslaufen. So spricht mein derzeitiger Seelenhirte, und wer bin ich, daß ich mit einer so erhabenen Beurteilung meiner Person nicht einverstanden sein sollte?

«Es sieht so aus», sage ich zu Dr. Klinger, «daß Ihre Analyse hingehauen hat. Meine Hochachtung, Sir.» Er kichert in sich hinein. «Sie waren immer stärker, als Sie dachten.»

«Auf *diese* Kraftprobe hätte ich verzichten können. Und außerdem stimmt es nicht. Ich kann so nicht weiterleben.»

«Und doch haben Sie es getan und tun es auch jetzt.»

«Ich tue es, aber ich *kann* es nicht. Ich war nie ‹stark›. Bloß zielstrebig. Einen Fuß vor den anderen. Pünktlichkeit. Rechtschaffenheit. Höflichkeit. Gute Noten in allen Fächern. Das geht bis auf die Zeit zurück, als ich meine Hausarbeiten rechtzeitig einreichte und die Preise davontrug. Dr. Klinger, *es ist gräßlich hier.* Ich will hier raus, ich möchte verrückt werden, durchdrehen, toben und brüllen, aber ich *kann* nicht. Ich schluchze. Ich schreie. Ich bin am Ende. Ich lag schon ganz, ganz tief unten. Aber dann geht's wieder aufwärts. Ich reiße Witze, ziemlich bittere und sehr lahme Witze. Ich höre Radio. Ich höre Schallplatten. Ich denke darüber nach, was wir miteinander gesprochen haben. Ich zügele meine Wut. Ich zügele meine Wut und warte darauf, daß Sie wiederkommen. Aber es ist Irrsinn, diese sogenannte Besserung. In diesem Falle ist es Irrsinn, einen Fuß vor den anderen zu setzen, *da ich keine Füße habe!* Mir ist etwas Entsetzliches zugestoßen, und ich höre die 18-Uhr-Nachrichten! Ich höre den Wetterbericht!» Nicht doch, sagt Dr. Klinger: Charakterstärke, Lebenswillen.

Obwohl ich, in Abständen, immer wieder verkünde, daß ich den Verstand verlieren möchte, so ist das offenbar unmöglich: es übersteigt meine Kraft, es ist unter meiner Würde. *Das* hier hat mich gelehrt, daß ich eine Festung geistiger Gesundheit bin.

Also: obwohl ich so tue, als wisse ich es nicht, weiß ich, daß sie mich beobachten, mich so beobachten, wie sie durch den Glasboden eines Schiffes das Privatleben des Delphins und des Wals beobachten würden. Ich denke an diese im Wasser lebenden Säugetiere, weil meine gegenwärtige Größe und äußere Erscheinung ihnen so sehr ähnelt, und weil es besonders vom Delphin heißt, er sei ein intelligentes, vielleicht sogar vernunftbegabtes Wesen. Ich bin eine Art Delphin, sage ich mir, aus welchem tiefsinnigen oder grillenhaften Grund auch immer. Ein gestrandeter Wal. Jonas *im* Walfisch. «Ich fühle mich so wohl wie ein Fisch ohne Wasser» – einer jener Scherze, die ich nicht unterdrükken kann … Inmitten des Unglaublichen scheint das hoffnungslos Übliche mich an die Ebene zu erinnern, auf der der größte Teil unseres Lebens sich abspielt. Wirklich, es ist das Törichte, das Triviale, die *Sinnlosigkeit* der Erfahrung, die man in einem Zustand, wie dem meinen, am allermeisten vermißt, denn abgesehen von dem monströsen körperlichen Faktum ist da natürlich noch das intellektuelle Verantwortungsgefühl, das ich im Hinblick auf die Einmaligkeit und die Größe meines Unglücks entwickelt zu haben scheine. WAS BEDEUTET ES? WIE IST ES DAZU GEKOMMEN? UND WARUM? WARUM MUSSTE ES IN DER GANZEN GESCHICHTE DER MENSCHHEIT DAVID ALAN KEPESH SEIN? Ich glaube, es ist ein Maßstab für Dr. Klingers Fähigkeiten, daß er von ‹Charakterstärke› und ‹Lebenswillen› zu mir spricht, oder, wie ich mich bei seinen Besuchen ausdrücke, von Ch. und L. Diese abgegriffenen Wörter sind das therapeutische Gegenstück zu meinen lahmen Scherzen. In dieser Zeit der Prüfung müssen wir uns an das halten, was trivial und uns vertraut ist; lieber Banales als Apokalyptisches – letzten Endes ist uns beiden klar, daß auch meinen Möglichkeiten (selbst wenn ich eine Festung geistiger Gesundheit sein sollte) Grenzen gesetzt sind.

Soweit mir bekannt ist, waren, außer den Wissenschaftlern, Ärzten und dem Krankenhauspersonal, meine einzigen Besucher Claire, mein Vater und Arthur Schonbrunn, ehedem Vorstand meiner Fakultät und jetzt Dekan der Universität. Die tapfere Haltung meines Vaters war erschütternd. Ich weiß nicht, wie ich sie mir erklären soll, außer damit, daß ich den Mann einfach nie gekannt habe. *Niemand* hat ihn gekannt. Hart arbeitend, verschlagen und sogar tyrannisch – soviel wußte ich, da ich ihn all die Jahre bei seiner Arbeit beobachten konnte; innerhalb seiner kleinen Familie war er reizbar, fordernd, arglos und naiv, verantwortungsbewußt, sanft und rücksichtsvoll, und er liebte uns von ganzem Herzen. Doch diese Fassung angesichts des Entsetzlichen, diese Gelassenheit angesichts des Ungeheuerlichen – wer hätte eine solche Reaktion von jemand erwartet, dessen Leben mehr oder weniger ausschließlich darin bestand, ein zweitklassiges Hotel in South Fallsburg, New York, zu führen? Nachdem er als Koch für Schnellgerichte angefangen hatte, rückte er schließlich zum Chef des Unternehmens auf. Jetzt, im Ruhestand, ‹schlägt er die Zeit tot›, indem er vormittags in der mehr als gut florierenden Stadtküche seines Bruders, in Bayside, den Telefondienst versieht. Er kommt mich einmal die

Woche besuchen und erzählt mir, in einem Sessel dicht vor meiner Brustwarze sitzend, was die Leute, die bei uns verkehrten, als ich noch ein Kind war, jetzt so treiben. Erinnerst du dich an Abrams, den Kurzwarenhändler? Erinnerst du dich an Cohen, den Fußpfleger? Erinnerst du dich an Rosenheim mit seinen Kartenkunststücken und seinem Cadillac? Ja, ja, ja, ich glaub schon. Na schön, der eine liegt im Sterben, der andere ist nach Kalifornien verzogen, der dritte hat einen Sohn, der eine Ägypterin geheiratet hat. «Wie findest du das?» sagt er. «Ich habe nicht einmal gewußt, daß sie so etwas da drüben zulassen.» Ach, Dad, würde ich gern sagen, es gibt immer wieder die erstaunlichsten Dinge ... Aber natürlich fällt es mir nicht im Traum ein, ihm mit so faulen Witzen zu kommen, dafür ist seine schauspielerische Leistung zu bewundernswert. Nur: *ist* es eine? Ich denke: «Dies ist mein Vater, der abends im Gesellschaftsraum des Hotels den Zeremonienmeister machte – die Feierlichkeit, mit der er die Kellner hineingeleitete, die dann das ‹*Eli, Eli*› sangen. Dies ist Abe Kepesh von Kepeshs Hotel ‹Hungarian Royale South Fallsburg›. Was soll ich davon halten? Ist er ein Gott, oder ist er ein Dummkopf, oder ist er schlicht stur und stumpf? Oder kann er nicht anders, als so mit mir sprechen, wie er es immer getan hat? *Kriegt er's nicht mit? Kriegt er nicht mit, was passiert ist?*»

Dann geht er – ohne mir zum Abschied einen Kuß zu geben. Das ist etwas Neues zwischen uns beiden.

Und spätestens jetzt wird mir klar, was ihn all das gekostet hat; jetzt wird mir klar, daß es sich jedesmal wieder um eine schauspielerische Leistung handelt, und daß mein Vater ein großer und edler Mensch ist.

Und meine so leicht erregbare Mutter? Zu ihrem Glück ist sie tot; wenn nicht, hätte *das* hier sie umgebracht. Oder? Wie edel war wohl *sie,* Zimmermädchen und Köchin in einer Person? Sie, die mit saufenden Bäckern und mordgierigen Beiköchen und noch das Bett nässenden Pikkolos fertig wurde, wäre sie auch damit fertig geworden? *Halbtiere,* so nannte sie sie, *vertiertes Gesindel,* doch immer wieder kehrte sie zu ihren Kochtöpfen zurück, zurück zu den Mops und Bettüchern, trotz der ständigen Angst, die sie vom Memorial Day-Wochenende bis zu Jom Kippur wegen der extremen menschlichen Unzulänglichkeit unserer Hilfskräfte ausstand. Habe ich, vor allem anderen, meine Zielstrebigkeit nicht von meiner Mutter geerbt? Ist es nicht ihr Beispiel, dem ich das Überleben verdanke? Hier haben Sie noch eine Binsenwahrheit: Ich bin imstande, meine Verwandlung in eine Milchdrüse zu ertragen, weil ich in einem typischen, von Krisen geschüttelten Hotel in den Catskill-Bergen aufgewachsen bin.

Claire, deren unerschütterliche Gelassenheit von Anfang an ein solches Labsal für mich bedeutete, ein linderndes Gegenmittel gegen meine ehemalige Frau und, wie ich annehme, selbst gegen meine Mutter und ihre Wutanfälle, deren Zeuge ich in jener Höhle meiner Knabenjahre gewesen war, war zunächst weniger gut als mein Vater imstande, ihren Schmerz niederzukämpfen. Was mich in Erstaunen setzte, waren jedoch nicht ihre Tränen, sondern das Gewicht ihres Kopfes auf meiner Leibesmitte, als sie, bei ihrem ersten Besuch, nach etwa fünf Minuten zusammenbrach und zu schluchzen begann. *Wie ist es ihr möglich, mich zu berühren? Wie kann sie ihr Gesicht an mich legen?* Ich hatte erwartet, daß ich nie wieder von jemandem berührt werden würde, außer von einem Arzt oder einer Krankenschwester oder einem medizintechnischen Assistenten. Ich dachte: «Wenn Claire zu einem riesengroßen Penis geworden wäre ...» Aber ich sah keinen rechten Sinn darin, dieser Vorstellung bis zum Ende nachzugehen. Was geschehen war, war *mir* geschehen und niemand anderem, weil so etwas jemand anderem nicht geschehen *konnte,* und selbst wenn ich nicht wußte, warum das so war, *es war so* und es mußte Gründe dafür geben, ob ich sie nun jemals erfahren würde oder nicht. Wie Dr. Klinger in seiner vorsätzlich schlichten Art bemerkte, so könne wohl niemand von mir verlangen, ich solle mich in Claires Lage versetzen. Recht hatte er; es war sogar *mir* sinnlos erschienen, und deshalb hatte ich es aufgegeben, mir Claire Ovington als ein männliches Glied von einsachtzig Meter Länge vorzustellen ... Trotzdem ist es mir nicht gelungen, mich gänzlich eines Gefühls der Scham zu erwehren, beim Gedanken daran, daß ich einer so innigen Zuneigung, wie diese kühle, reservierte, bemerkenswert wenig überschwengliche junge Frau sie mir bewies, niemals fähig gewesen wäre, weder ihrer innigen Zuneigung noch ihrer spontanen menschlichen Anteilnahme.

Nein, nicht einmal *in extremis* konnte ich es lassen, meinen menschlichen Wert in Vergleich mit dem anderer Leute zu bestimmen und mir selbst Vorhaltungen darüber zu machen, was ich als Mangel an Verständnis, Empfindungsfähigkeit und moralischem Fingerspitzengefühl betrachte. Zugegeben, eine so unnachsichtige, übersteigerte Selbstkritik geht oft genug Hand in Hand mit engstirniger Selbstgerechtigkeit und tief eingewurzelten Vorstellungen von Überlegenheit, und ich will nicht leugnen, daß ich in meinem früheren Leben nur selten eine so schlechte Meinung von mir hatte, daß sie nicht durch eine geziemende Berücksichtigung meiner Vorzüge und Qualitäten recht gut in Schach gehalten worden wäre. Ich will damit nur sagen, daß sich, trotz meiner Transformation, meine Art der Selbsterfassung und -bewertung nicht nennenswert gewandelt hat, und wenn das das Mittel war, mir meine Identität und meine geistige Gesundheit zu erhalten und damit den Lebenswillen (= L), so hat es andererseits in meiner Sexualsphäre eine beträchtliche innere Verwirrung gestiftet und hätte um ein Haar zu meinem Zusammenbruch und Tod geführt.

Ich spreche von den Gefälligkeiten, um die ich Claire gebeten habe und die sie mir, ohne sich zu beklagen, erweist. Nach ihrem ersten Besuch dauerte es nur einige Tage, bis ich sie darum bat, meine Brustwarze zu massieren, aber nicht nur so ‹nebenbei›, nicht ‹züchtig›, wie die Schwester das tat, wenn sie sich morgens so verhielt, als bereite sie den Patienten für seinen Tag vor, statt ihn mit ihren Händen fast um den Verstand zu bringen. Ich bezweifle, daß ich mit meinem Vorschlag so rasch bei der Hand gewesen wäre, wenn Claire jenes erste Mal ihr Gesicht nicht an mich gelegt hätte; vielleicht hätte ich sonst nie davon gesprochen. Doch, um ehrlich zu sein: im gleichen Augenblick, als ich das Gewicht ihres Kopfes auf mir spürte und sie um mich und mein Elend schluchzen hörte, stiegen vor meinem geistigen Auge *alle* Möglichkeiten auf, und es handelte sich nur um den Zeitpunkt (und der kam rasch), an dem ich es unternahm, das unter den gegebenen Umständen Äußerste an sexueller Absurdität von ihr zu verlangen.

Bevor ich weitergehe, sollte ich klarstellen, daß Claire weder eine Mänade noch eine Heilige ist; während unserer Liaison hatten die üblichen sexuellen Praktiken sie wunderbar in Erregung gebracht; immer bereit und handfest bei der Sache, war sie jedoch ganz offensichtlich uninteressiert an dem, was sie als unwesentliche Zugaben zu betrachten schien. Es mag als Fazit befremdlich klingen (denn man sollte meinen, daß das Gegenteil der Fall sei): sie ist die einzige Frau, mit der mich eine längere Beziehung verband, die sich weigerte, den Geschlechtsverkehr *per anum* vollziehen zu lassen. Zu meiner noch größeren Überraschung war es ihr offenbar von Anfang an unangenehm, mich in ihrem Mund kommen zu lassen, was dazu führte, daß sie die Fellatio schließlich nur als eine Art spielerischen Auftakt zum Beischlaf ausübte und niemals mit Ausdauer und dem Vorsatz, mich fertigzumachen, obwohl sie selbst das heftigste orgastische Vergnügen empfand, wenn ich den Cunnilingus an ihr vollzog. Ich beklagte mich nicht sonderlich darüber, doch von Zeit zu Zeit – wie Männer, die noch nicht zu Brüsten geworden sind, das zu tun pflegen – beklagte ich mich doch; das Leben enthielt mir etwas vor, verstehen Sie. Im übrigen war, wie ich schon sagte, unsere Entflammtheit füreinander während der ersten beiden Jahre unserer Beziehung nicht nur umfassender als das, was ich bisher gekannt hatte, sondern auch auf bezaubernd neue Weise belebend, und selbst, als meine Begierde nach ihr deutlich abebbte, fand ich immer Freude daran, sie nackt zu sehen; ich liebte es immer noch, im Bett zu liegen und ihr zuzusehen, wie sie sich morgens an- und abends auszog.

Eigentlich war es Claire, die mir vorschlug, an meiner Brustwarze herumzuspielen, falls ich das wolle. Dieses geschah während ihres vierten Besuchs in vier Tagen; ich hatte ihr gerade das seltsame sinnliche Vergnügen beschrieben, das ich empfand, wenn die Schwester sich morgens um mich bemühte. Ich hatte nicht vor, Claire mehr als das zu sagen, jedenfalls im Augenblick nicht.

Doch Claire erwiderte darauf: «Möchtest du, daß ich das gleiche wie sie tue?»

«Würdest du – es tun?»

«Natürlich – wenn du willst.»

Natürlich. Welche Gelassenheit.

«Ich will!» rief ich. «Ich will!»

«Also sag mir, wie du es gern hast», sagte sie. «Sag mir, was du am schönsten findest.»

«Ist noch jemand im Zimmer?»

«Nein, wir sind allein.»

«Siehst du irgendwo eine Fernsehkamera, Claire?»

«Aber nein, Liebling, nirgends.»

«Oh, dann drück zu, so hart du kannst!»

Ein anderes Mal, Tage später, nachdem ich fast eine Stunde lang mehr oder weniger zusammenhanglos Konversation gemacht hatte, sagte Claire: «David, Liebster, was möchtest du? Soll ich es in den Mund nehmen?»

«Ja! Ja!»

Wie konnte sie das tun? Wie kann sie das tun? Warum tut sie es? Würde *ich* es tun? Ich sage zu Dr. Klinger: «Es ist zuviel verlangt. Es ist zu gräßlich, es muß ein Ende haben. Ich möchte, daß sie es immerzu tut, jede einzige Minute, die sie hier ist. Ich möchte nicht, daß sie mir vorliest – ich höre ja gar nicht zu. Es macht mir sogar keinen Spaß mehr, mich mit ihr zu unterhalten. Ich will einzig und allein, daß sie mich drückt und mich leckt und an mir saugt. Ich kann nicht genug davon kriegen. Ich ertrage es nicht, wenn sie damit aufhört. Ich schreie, ich brülle: ‹Weiter! Mach weiter!› Ich ertrage es nicht, daß sie mich dann wieder verläßt, weil ich *mehr* will. Aber ich werde sie von mir treiben. Es muß ein Ende haben. Es *wird* sie schließlich von mir treiben. Und dann hab ich niemanden. Dann kommt nur noch morgens die Schwester und damit hat sich's. Mein Vater wird kommen und mir erzählen, wer gestorben ist und wer geheiratet hat. Und Sie werden kommen und mir von meiner Charakterstärke erzählen, *aber ich werde keine Frau haben.* Ich werde nie wieder Liebe und Sex haben! Ich kann mir Claire vorstellen, ich sehe sie vor mir – ich sehe, wie sie an mir saugt! Ich möchte, daß sie sich auszieht – aber ich hab Angst! Ich will sie nicht von mir treiben – es ist so schon gerade grotesk genug, und doch stell ich mir vor, daß sie nackt ist, ich will, daß sie nackt ist, daß ihre Kleider auf dem Boden liegen, zu ihren Füßen. Ich möchte, daß sie sich auf mich legt, sich auf mir *wälzt.* Oh, Doktor, wissen Sie, was ich eigentlich möchte? Ich möchte sie ficken! Ich möchte, daß dieses große Mädchen sich am Kopfende der Hängematte vorbeugt und sich meine Brustwarze von hinten in die Fotze steckt. Und dann auf ihr reitend, rauf und runter – ich möchte, daß meine Brustwarze sie ganz verrückt macht. Aber ich hab Angst, ihr das zu sagen – es wird sie von mir treiben! Sie wird davonlaufen und nie wiederkommen!»

Claires abendliche Besuche nach ihrem Dinner und am Wochenende. Am Tage unterrichtet sie die vierte

Klasse der Bank Street-Schule, hier in New York. Sie ist Mitglied der Phi-Beta-Kappa-Vereinigung der Cornell-Universität; ihre Mutter leitet eine Schule in Schenectady und ist inzwischen von Claires Vater, einem Ingenieur der Western Electric, geschieden; ihre ältere Schwester, die weniger emanzipierte der beiden Ovington-Töchter, ist mit einem Wirtschaftssachverständigen im Handelsministerium verheiratet und lebt mit ihm und ihren vier Flachsköpfen in Alexandria, Virginia. Sie besitzen ein Haus an der Südküste der Insel Martha's Vineyard, wo Claire und ich sie im vergangenen Sommer, unterwegs zu einem Wochenurlaub in Nantucket, besuchten. Wir debattierten über Politik – den Krieg. Anschließend spielten wir am Strand Ball mit den Kindern und fuhren dann nach Edgartown, wo wir gekochten Hummer aßen; dann saßen wir, mit von Wind und Sonne geröteten Gesichtern und fettigen Fingern, im Kino. Wir hatten einen herrlichen Tag, so ‹spießig› unsere Gastgeber auch waren; ich weiß, daß es ‹Spießer› waren, weil sie es selbst immer wieder sagten. Trotzdem fühlten wir uns über die Maßen wohl. Claire, eine grünäugige Blondine, ist mager und sehr langbeinig, doch mit üppiger Brust. «Stell dir mal vor, wie die mit fünfzig erst hängen werden», sagt sie, «wenn sie mit fünfundzwanzig schon so hängen.» «Kann ich nicht», sage ich, und nachdem ich in einer Dünenmulde das Oberteil ihres Bikinis aufgehakt und zugesehen habe, wie es von ihr abgleitet, lege ich mich rücklings in den heißen Sand, strecke mich aus, bohre meine Fersen in den Sand, schließe die Augen, öffne die Lippen und warte darauf, daß sie eine ihrer Brüste meinem Mund nähert. Welch aufregendes Erlebnis – mit der brüllenden See zu unseren Füßen! Als sei ihre Brust der Erdball – ein samtig-weicher Erdball! – und ich so eine Art Poseidon oder Zeus! Kein Wunder, daß die Griechen sich ihre Götter in menschlicher Gestalt dachten – das sind die einzigen Götter, die Spaß haben. «Laß uns doch den ganzen nächsten Sommer am Meer verbringen», sage ich, wie Leute das an ihrem ersten Ferientag so tun. «Aber erst mal gehen wir nach Hause, ins Bett», flüstert, neben mir kniend, die große, nacktbusige Claire; sie kann sich denken, daß ich erregt bin, wie gewöhnlich. «Ach, laß uns doch einfach hier liegenbleiben. He, wo ist das Ding? Zurück in meinen Mund, Miss.» «Ich möchte nicht, daß du erstickst. Du wurdest schon ganz grün im Gesicht.» «Vor Neid», sage ich.

Ja, so sagte ich. Ich gebe frank und frei zu, daß ich das gesagt habe. Und wenn es sich um ein Märchen handelte, so wäre dies die Moral: «Hüte dich vor ausgefallenen Wünschen, sie könnten dir erfüllt werden.» Doch dies ist eine wahre Geschichte, wenn nicht für Sie, geneigter Leser, so doch für mich. Ich wollte im Leben schon so manches, das weit weniger ausgefallen war als der Wunsch an diesem Strand, mit Brüsten versehen oder gar eine von Claires Brüsten zu sein. Wenn es ein Märchen *ist*, warum wurde mir dann jener unschuldige Wunsch (wenn es wirklich ein ‹Wunsch› war) erfüllt, der eher als liebenswürdige Schmeichelei von mir geäußert wurde als mit der Hoffnung, daß er erfüllt würde, der nicht einem wirklichen Sehnen entsprang, sondern einem euphorischen Glücksgefühl, warum wurde jener Wunsch mir erfüllt, während Hoffnungen und Träume von weit größerer Dringlichkeit, die ich wiederholt in Verzweiflung und mit kreischender Stimme in Worte faßte, nur dadurch realisiert werden konnten, daß ich einen Fuß vor den anderen setzte, einen Fuß vor den anderen, einen Fuß vor den anderen ... Nein, das Opfer billigt die Wunscherfüllungs-Theorie nicht, und dasselbe rate ich Ihnen, so ansprechend, schick und lustvoll-schmerzhaft sie auch sein mag. Die Wirklichkeit hat mehr Größe; sie hat auch mehr Stil. Also. Für diejenigen, die nicht ohne eine Moral leben können, hier die Moral dieser Geschichte. «Die Wirklichkeit hat Stil», schließt der verbitterte Literaturprofessor, der zu einer weiblichen Brust geworden ist. Geht hin, ihr aalglatten selbstzufriedenen Houyhnhnms und stellt *dar*über moralische Betrachtungen an.

Es war also nicht Claire, die ich zum ‹Letzten› aufforderte, sondern meine Krankenschwester. Ich sagte: «Wissen Sie, woran ich denke, wenn Sie mich waschen – so wie eben?»

«Woran denn, Mr. Kepesh?»

«Ich würde Sie gern mit meiner Brustwarze ficken, Miss Clark.»

«Ich kann Sie nicht verstehen, Mr. Kepesh.»

«Es regt mich so auf, daß ich Sie ficken möchte. Ich möchte, daß Sie sich auf meine Brustwarze setzen – mit Ihrer Fotze!»

Ohne sich ihre Worte auch nur eine Sekunde zu überlegen (Ausbildung bleibt Ausbildung), sagte sie: «Nur einen Augenblick noch, Mr. Kepesh. Ich bin gleich fertig.»

Mich windend, rufe ich: «Hast du nicht gehört, was ich sagte, du Hure!»

«Wir sind gleich fertig, nur einen Augenblick noch ...»

Als Dr. Klinger um vier Uhr das Zimmer betrat, bestand ich aus 140 Pfund Scham und Zerknirschung. Die Nachwehen meiner verlorenen Selbstbeherrschung waren schlimmer, als ich erwartet hatte. Ich schluchzte sogar ein bißchen, als ich Dr. Klinger berichtete, was ich blindwütig getan hatte, gegen alle meine Befürchtungen und ungeachtet seiner warnenden Worte. *Das* ist aber bestimmt auf Band aufgenommen worden, sagte ich; Hunderte (oder Tausende) hatten mich dabei beobachtet, mich angestarrt, im Hörsaal oder auf den hintersten Bänken des Stadions. Es wäre durchaus denkbar, daß es morgen früh auf der ersten Seite aller Boulevard-Blätter zu lesen stünde. Da würden die Fahrgäste in der U-Bahn aber was zu lachen haben! Denn natürlich hatte es auch seine komische Seite: was ist eine Katastrophe ohne eine komische Seite? Sie müssen wissen, Miss Clark ist eine sechsundfünfzigjährige alte Jungfer und, wie man mir sagt, ziemlich untersetzt und mollig. Und das hatte ich die ganze Zeit gewußt.

Anders als Dr. Gordon und Claire und mein Vater, die mir immer wieder versichern, es sähe mich niemand sonst als diejenigen, die ihre Gegenwart ankündigen, hat sich Dr. Klinger nie so recht auf ein Gespräch mit mir über dieses Thema eingelassen. «Na und?» sagt er. «Und wenn es auf der ersten Seite steht? Was ist schon dabei?»

«Es geht niemanden etwas an!»

«Aber Sie wollen das immer noch, nicht wahr?»

«Ja! Ja! Aber sie hat keine Notiz davon genommen! Sie hat so getan, als bäte ich sie, sich mit ihrer Arbeit zu beeilen und zum Schluß zu kommen! Ich will sie nicht mehr! Ich kann dieses tüchtige Weib nicht ertragen! Ich will eine andere Schwester!»

«An wen denken Sie da?»

«An eine, die jung ist – und schön! Warum nicht?»

«Und die ja sagen wird?»

«Ja! Ja! Warum nicht! Warum sollte ich das nicht haben, wenn ich es haben will! Alles andere ist Irrsinn! Man sollte es mich den ganzen Tag lang haben lassen! Das hier ist kein normales Leben mehr und ich denke nicht daran, so zu tun, als sei es das! *Sie* wollen mich *normal*? – *Sie* erwarten von mir, daß ich mich in dieser Lage *normal* verhalte! Man hält mich für einen vernünftigen Menschen – in *diesem* Zustand! Das ist verrückt von *Ihnen*, Doktor! Ich will, daß sie sich mit ihrer Fotze auf mich setzt! Warum nicht! Ich will, daß

Claire das tut! *Warum tut sie es nicht!* Sie tut doch sonst alles! Warum will sie das nicht tun! Warum ist *das* zu grotesk! Was wißt denn ihr alle, was grotesk ist und was nicht! Was könnte grotesker sein, als mir dieses kleine Vergnügen zu versagen, inmitten eines gnadenlosen Alptraums! Warum sollte ich nicht gerieben und geölt und massiert und geleckt werden, warum sollte ich nicht auch ficken dürfen, wenn ich das brauche! Warum sollte ich nicht alles und jedes haben, was man sich nur vorstellen kann, *und zwar jede einzige Minute des Tages*, wenn mich das aus dieser Hölle erlöst. Sagen Sie mir, warum das nicht sein darf! Statt dessen martern Sie mich! Statt dessen verhindern Sie, daß ich das bekomme, was ich brauche! Statt dessen liege ich hier herum und bin vernünftig! Das ist der Irrsinn, Doktor, *vernünftig zu sein*!» Ich weiß nicht, wieviel Dr. Klinger von alldem verstand; offenbar ist es schwierig genug, mich zu verstehen, wenn ich laut und deutlich spreche, und jetzt schluchzte und kreischte ich, ohne Rücksicht auf die Fernsehkamera und die Zuschauer auf der Tribüne ... Oder führte ich mich gerade *des*wegen so auf? War ich wirklich so am Boden zerstört, nur weil ich am Morgen meiner Krankenschwester diese anstößige Offerte gemacht hatte? Oder war dieses hysterische Intermezzo mehr für mein zahlreiches Publikum da draußen gedacht – um die Leute davon zu überzeugen, daß ich immer noch ein Mensch bin, denn wer sonst als ein Mensch hat Verstand, hat Sehnsüchte, ein Gewissen und Reuegefühle?

Diese Krise hielt mehrere Monate an. Meine Redeweise der beleibten pflichteifrigen Miss Clark gegenüber wurde zunehmend schlüpfriger und obszöner; ich drückte mich mehr als anschaulich aus, beleidigend und einschüchternd, bis ich ihr eines Morgens, mich ekstatisch krümmend und mich drehend wie ein Kreisel, Geld bot, Geld so viel sie wollte, damit sie ihren Hüfthalter auszog und sich meine Brustwarze in die Fotze steckte. «Beugen Sie sich vor – machen Sie's von hinten! Ich geb Ihnen alles, was Sie wollen!» Auf welche Weise das Geld von meinem Konto an sie gelangen sollte, wie und wo ich mir welches leihen würde, falls sie mehr verlangte, als ich besaß, war ein Problem, mit welchem ich mich den ganzen langen, einsamen Tag herumschlug. Da ich wußte, daß es niemanden gab, der mir dabei behilflich sein konnte, war es mir nicht möglich, diese Transaktion auf andere Weise durchzuführen als in einer Art Bewußtseinstrübung anhand magisch-masturbatorischer Phantasien ... Obwohl ich bereits etwa fünf Monate in meiner neuen Daseinsform verbracht hatte, wollte ich an Besuchern niemand anderen als Claire und meinen Vater haben; ich war immer noch viel zu verwundbar. Das mag, in Anbetracht dessen, wie fest ich davon überzeugt war, daß alle meine Lebensäußerungen auf Band aufgenommen und in der *Daily News* veröffentlicht wurden, lächerlich erscheinen, doch ich behaupte ja nicht, daß es mir gelungen wäre, meiner einander extrem widerstreitenden Empfindungen völlig Herr zu werden oder kampflos Anfälle von Unlogik und Infantilismus zu unterdrücken. Ich beschreibe hier nur den Weg, auf dem ich zu meinem gegenwärtigen melancholischen inneren Gleichgewicht gelangt bin … Natürlich hätte ich mich ohne weiteres um Hilfe an einen Freund wenden können, an einen jungen bärtigen Kollegen von der Englischen Fakultät in Stony Brook, einen intelligenten Dichter aus Brooklyn; er hätte das Geld von meinem Konto abheben und die erforderlichen finanziellen Transaktionen für mich durchführen können, entweder mit Miss Clark oder, falls das berufliche Ethos dieser nach wie vor verbot, darauf einzugehen, mit irgendeiner Frau, deren Gewerbe es ihr gestattete, mein Verlangen gegen Bezahlung zu befriedigen. Mein junger Kollege war keineswegs prüde und für jedes Abenteuer zu haben. Aber auch ich war nicht prüde und hatte dereinst – es war einmal! – sexuellen Abenteuern zumindest ebensoviel Geschmack abgewonnen wie er. Was auch immer ich in meiner Verwirrung während meines Wütens gegen Dr. Klinger zum Ausdruck gebracht haben mag, so müssen Sie verstehen, daß diesem Wüten letzten Endes nicht das Gefühl einer sexuellen Verfehlung zugrunde lag, das mich zum Opfer ungestümer, einander heftig widerstreitender Empfindungen bezüglich meiner Begierde werden ließ. Ich hatte mich, mit Anfang Zwanzig, ohne besondere Mühe schon an etwa einem Dutzend Huren versucht und, als ich als Fulbright-Stipendiat ein Jahr in London verbrachte, hatte eine mehrere Monate währende merkwürdige, überspannte Affäre mit zwei jungen Frauen meines Alters gehabt, Studentinnen von der schwedischen Universität Lund, die während der Semesterferien ihre Kellerwohnung und ihr Bett in Bloomsbury mit mir teilten, bis die labilere der beiden Schönen den schüchternen Versuch unternahm, sich auf der Camden High Street vor einen Lastwagen zu werfen. Es war demnach nicht ein Mann ohne jegliche Erfahrung und mit quälenden Hemmungen, der hier auf der Folter lag; was mich so daran ängstigte, diesem absurden Verlangen nachzugeben, war, daß ich dadurch möglicherweise für immer jegliche Verbindung zwischen mir und meiner eigenen Vergangenheit und meiner eigenen Gattung abbrach. Wenn ich mich an derlei Praktiken gewöhnte, so fürchtete ich, würden meine Gelüste immer seltsamer werden, bis ich schließlich, auf einem steilen Grat psychischer Desorientierung angelangt, nur noch abstürzen – oder springen – konnte, ins Nichts. Ich würde verrückt werden. Ich würde nicht mehr wissen, wer ich gewesen oder was ich jetzt war. Ich würde überhaupt nichts mehr wissen. Und selbst wenn ich in der Folge nicht daran sterben sollte, was würde ich hinfort noch sein, außer einem Fleischklumpen?

So bemühte ich mich denn, mit Dr. Klingers Hilfe, den übermächtigen Wunsch, meine Brustwarze in irgendeine Vagina einzuführen, zu ersticken und wenn nicht zu ersticken, mich doch zumindest (mit der

Lieblingswendung des Arztes) *damit abzufinden.* Doch mit all meiner Willensstärke – und die kann beträchtlich sein, wenn ich sie mobilisiere – überstiegen die morgendlichen Waschungen einfach meine Kräfte, und so ging man, um mich bei meinen heroischen Bemühungen zu unterstützen, schließlich dazu über, meine Brustwarze samt ihrem Hof mit einem milden Lokalanästhetikum zu besprühen, bevor Miss Clark damit begann, mich für den Tag vorzubereiten. Und obwohl der Vereisungsspray nicht jedes Empfindungsvermögen in mir blockierte, so war es immerhin so weit herabgesetzt, daß ich die Oberhand gewann – in einem Ringen, in dem ich schließlich Sieger blieb, allerdings erst, nachdem die Ärzte, mit meiner Einwilligung, beschlossen hatten, die Schwester durch einen Krankenpfleger zu ersetzen.

Das war *die* Lösung, denn sogar vor der Spray-Anwendung war es mir nie gelungen, mich über das Tabu der Homosexualität hinwegzusetzen und mir meine Brustwarze etwa im Mund oder im Anus von Mr. Brooks, dem Krankenpfleger, vorzustellen, obwohl dazu zu sagen ist, daß die Verbindung eines Männermundes mit einer weiblichen Brustwarze kaum ein homosexueller Akt genannt werden kann. Dennoch: sobald sonntags Mr. Brooks an der Reihe war, mich zu waschen und einzuölen, konnte ich es zwar nicht lassen, mich zu winden, doch meine Träume und Schreie galten Miss Clark oder Claire oder dem Callgirl, dem ich ganze Bündel von 100-Dollar-Scheinen dafür geben würde, daß sie ihre Schamlippen auseinanderzog und, sich abwärts schlängelnd, ihre käufliche Vagina über meine erigierte Brustwarze stülpte ... Jedenfalls (um dieses Kapitel nicht ohne ein gewisses Triumphgefühl abzuschließen) bin ich jetzt – vorübergehend lokal anästhesiert und in den Händen eines Mannes – imstande, die morgendlichen Waschungen mehr oder weniger wie jeder andere Patient über mich ergehen zu lassen.

Und dann gibt es ja noch Claire – die engelgleiche Claire! – die mich ‹liebt›, wenn nicht mit ihrer Vagina, so doch mit ihren Fingern und ihrem Mund. Und ist das nicht genug? Mein Gott – ist das nicht *mehr* als genug? Natürlich will ich *mehr*, ich gäbe mein Leben für *mehr* (oder wäre bereit zu sterben, wenn es mir vorenthalten wird), denn meine Erregung findet keinen orgastischen Abschluß, eine explosive Auslösung gibt es nicht, nur das fortdauernde Gefühl der unmittelbar bevorstehenden Ejakulation, in dem ich mich winde und winde, von der ersten bis zur letzten Sekunde. Doch wie es so geht: inzwischen bescheide ich mich mit weniger, statt auf *mehr* zu hoffen. Bei ihren einstündigen Besuchen bitte ich Claire nur noch darum, die Hälfte der Zeit meiner Lust zu widmen. Der Grund, warum ich sie nicht um vaginalen Verkehr mit meiner Brustwarze gebeten habe, ist annähernd der gleiche, der mich die Dauer der Zeit, die ausschließlich meiner Sinneslust dient, verkürzen ließ: ich will Claire nicht verlieren. Ich will nicht, daß sie sich mit der Zeit wie eine Art Apparat vorkommt, der herbestellt wird, um diesem absurden Organismus dienlich zu sein, als ein Etwas, an dem David Alan Kepesh – was die Aufrechterhaltung eines normalen menschlichen Kontakts auf gegenseitiger Basis angeht – nicht weiter interessiert ist. Ich weiß nicht, wie lange ich noch damit rechnen darf, daß sie sich daran erinnert, wer ich war oder was unsere Beziehung uns beiden bedeutete, wie engelgleich, ja, *heiligmäßig* sie sich auch verhalten hat. Eines ist sicher: je mehr Zeit wir mit Unterhaltung verbringen, auch wenn es sich dabei nur um Bagatellen und ein bißchen Klatsch handelt, desto größer ist meine Chance, mir ihre Zuneigung und Treue zu erhalten. Ich habe mir sogar überlegt, ob ich die Zeitspanne, die der Stimulation meiner Brustwarze dient, noch einmal um die Hälfte verkürze. Der Gedankengang ist folgender: wenn meine sexuelle Erregung den unverändert gleichen Stärkegrad aufweist, wenn sie, sobald sie erst einmal im Gange ist, an Intensität weder zu- noch abnimmt, wo liegt dann der Unterschied, ob ich sie nur fünfzehn statt dreißig Minuten lang empfinde? Und wenn ich sie nur *eine* Minute lang empfinde – wo liegt der Unterschied?

Wohlgemerkt: einer solchen Selbstverleugnung bin ich noch nicht fähig, auch bin ich nicht davon überzeugt, daß sie, selbst von Claire aus gesehen, wünschenswert wäre. Aber, glauben Sie mir, mich auch nur mit diesem Gedanken zu tragen, bedeutet für mich – nach all den Qualen der Begierde, die ich durchgemacht habe – schon sehr viel. Denn selbst jetzt gibt es immer noch Augenblicke, zwar selten, doch um so sengender, in denen ich mich nur mit äußerster Anstrengung davon zurückhalten kann, der schönen jungen Lehrerin der vierten Klasse und Phi-Beta-Kappa-Mitglied der Cornell-Universität, deren Lippen sich dicht um die siebzehn Öffnungen meiner Brustwarze schließen, zuzurufen: «Hock dich drauf, Ovington! Stoß es dir rein, in deine Möse!» Aber ich tu's nicht, ich tu's nicht. Wenn Claire geneigt wäre, so weit zu gehen, hätte sie den Vorschlag längst selbst gemacht. Ich habe mich nicht nur auf die tiefere Bedeutung ihres Schweigens eingestellt, ich bin auch entschlossen, nicht der Anlaß für eine allzu eingehende Betrachtung der grotesken Handlungen zu sein, auf die sie sich – wie durch ein Wunder – bereits eingelassen hat.

Irgendwann zwischen den beiden schwersten ‹Krisen›, die ich in diesem Krankenhaus – wenn es ein Krankenhaus ist – bis jetzt überlebt habe, besuchte mich Arthur Schonbrunn. Er ist Dekan der Philosophischen und Naturwissenschaftlichen Fakultät in der Universität von Stony Brook, und ich kenne ihn seit meiner Schulzeit in Palo Alto, als er *der* junge brillante Professor und ich Doktorand der Philosophie war. Es war Arthur, der mich – als Vorstand der hierorts kürzlich gegründeten Abteilung für vergleichende Literaturwissenschaft – vor acht Jahren dazu bewogen hatte, Stanford mit Stony Brook zu vertauschen. Er ist inzwischen fast fünfzig, ein sardonischer, des Wortes mächtiger Mann und für einen Akademiker ungewöhnlich, fast beängstigend weltläufig in Manieren und Kleidung. Bis zum heutigen Tage ist er so etwas wie ein Rätsel für mich, und ich sollte hinzufügen, heute mehr denn je – seit er mich vor neun Monaten im Krankenhaus besuchte.

Schonbrunn ist einer jener Akademiker (häufig genug Dekane oder wissenschaftliche Räte, gelegentlich auch nichts als Säufer), die mit Anfang Dreißig ein Werk von hoher intellektueller Qualität verfassen – in seinem Falle einen scharfsinnigen schmalen Band über die Romane Robert Musils, damals ein noch kaum übersetzter Autor und dem amerikanischen Leser weitgehend unbekannt – und von denen man dann nie wieder etwas hört; vom zweiten Werk (das von Arthur sollte eine Arbeit über Heinrich von Kleist werden), an dem sie an Wochenenden und im Sommer schreiben und vorhaben, es in den Semesterferien zu vollenden, wird etwa zehn Jahre lang gemunkelt, bis der Verfasser schließlich im Universitätsleben eine solche Rolle spielt, daß man sich einfach nicht mehr vorstellen kann, er habe außerhalb des Sitzungsraums auch noch ein anderes Leben, geschweige denn eine Schreibmaschine in seiner Dachstube, an der er samstags oder spät abends in Abgeschiedenheit hockt, um über etwas so Vertracktes wie die Kleistsche Prosa nachzugrübeln. Vermutlich wird Arthur eines Tages Präsident der Universität von Stony Brook sein, und dann, wenn seine Frau ihren Kopf durchsetzt, der Vereinigten Staaten von Amerika. Manche sagen, Debbie Schonbrunn sei die Lady Macbeth von Long Island, was keine Kleinigkeit wäre, da sich Long Island ein gutes Stück ins Meer erstreckt. Daß sie genügend Wind macht, um alle Segel sämtlicher Schoner, die je im Sund von Long Island vor Anker gingen, zu blähen, und die entsprechenden Ambitionen, ist etwas, das ich nur ungern bestreiten würde. Doch Dekan Schonbrunn ist kein Schlappschwanz und kein Narr, und ich, zum Beispiel, war nie bereit gewesen zu glauben, er habe seine schriftstellerische Begabung den Kennedyschen Träumen seiner Frau geopfert statt seinen eigenen. Seine Sicherheit im Umgang mit Menschen, seine Autorität über zwei oder zweitausend Zuhörer, seine einmalig umgängliche und diplomatische Art, sich zu geben – dieses ganze gut geölte Getriebe hatte mich immer ein wenig aus der Fassung gebracht, doch ungeachtet dessen bestärkte es mich in dem Glauben, er sei ein Mensch, der sich in jeder Lage mehr oder weniger in der Gewalt hat. Doch dann, vor neun Monaten, kam er mich besuchen – nachdem er zuvor ein paar äußerst taktvolle Zeilen geschrieben und angefragt hatte, ob es mir recht sei – und versetzte mich durch sein unsägliches Benehmen in äußerstes Staunen (und hätte mich um ein Haar damit umgebracht). Ich bin inzwischen zu dem Schluß gekommen, daß sein Benehmen kaum das eines Mannes war, der mit seinen Wünschen und Begierden im Einklang steht. Ich mußte zu irgendeinem Schluß kommen, verstehen Sie, darauf kam es an.

Arthur kam sowohl in offizieller wie inoffizieller Eigenschaft zu mir. Von allen meinen Kollegen wählte ich ihn zum ersten Besucher (und, wie sich ergeben hat, auch zum letzten), weil sein stark entwickelter Sinn für Haltung, in Verbindung mit unserer langjährigen Bekanntschaft, mich (und Dr. Klinger) zu der Annahme bewogen hatte, daß er jemand sei, dessen Anwesenheit ich «verkraften» könne, ein anständiger, zuverlässiger Mensch, mit dem ich, nach meinem Sieg über das Wüten der Wollust, den ersten gesellschaftlichen Kontakt aufnehmen würde. Auf seine ausgeglichene, ruhige Weise hatte Arthur sich mir gegenüber immer großzügig, aufmerksam und rücksichtsvoll gezeigt – ich werde immer noch als eine Art Protegé von ihm betrachtet –, dazu kam seine weit und breit bekannte Selbstbeherrschung und Geistesgegenwart, die uns verbürgte, daß er weder verstört noch entsetzt sein oder, noch ärger, in übertrieben rührseliger Weise den Tröster spielen würde. Auch hatte ich vor – wenn nicht während dieses Besuchs, so doch beim nächsten oder übernächsten –, Arthur einen Vorschlag zu unterbreiten, wie es mir unter Umständen möglich sein würde, meine berufliche Bindung an die Universität nicht aufgeben zu müssen. In Stanford war ich ‹Lektor› für einen der übermäßig stark besuchten Grundkurse gewesen, für die Schonbrunn Vorlesungen über die ‹Meisterwerke der abendländischen Literatur› gehalten hatte – ob ich nicht wieder eine untergeordnete Tätigkeit dieser Art ausüben könnte? Claire würde mir die Referate der Studenten vorlesen, und ich könnte ihr die jeweiligen Korrekturen, Kommentare und Benotungen diktieren ... Oder kam eine solche Vereinbarung gar nicht in Frage? Wenn überhaupt jemand, so dachten wir, dann war es Arthur Schonbrunn, mit dem man zumindest darüber sprechen konnte, ohne etwas zu riskieren.

Ich fand keinerlei Gelegenheit dazu. Schon während ich ihm für seine teilnahmsvollen Zeilen dankte und ihm, ‹unter Tränen› – ich konnte mir nicht helfen – sagte, wie gerührt ich sei, daß er mich besuchen komme und sich ein wenig mit mir unterhalten wolle, war mir, als höre ich ein Kichern. «Arthur», fragte ich, «sind wir allein?»

Er sagte: «Ja.» Und dann kicherte er; es war unverkennbar! Obwohl blind, sah ich meinen früheren Mentor deutlich vor mir, in seinem blauen Blazer mit dem Kaschmirfutter, Made in London von Kilgore, dem Franzosen, den vor ihm Jack Kennedy angezogen hatte – in weichen Flanellhosen und glänzenden Gucci-Mokassins, den taktvollen Dekan der Philosophischen und Naturwissenschaftlichen Fakultät, der demnächst zum Generalsekretär der UN aufsteigen würde, zumindest – und er kicherte! Mit seinem imposanten Mop aus nicht allzu gepflegtem, aber auch nicht allzu ungepflegtem Salz- und Pfeffer-Haar auf dem Kopf, saß der Sauhund da und lachte! Und ich hatte mein Anliegen noch nicht einmal vorgebracht – er lachte nicht über einen lächerlichen Vorschlag meinerseits, sondern weil er sah, daß es der Wahrheit entsprach: ich hatte mich tatsächlich in eine Brust verwandelt. Mein Doktorvater, mein Vorgesetzter, der höflichste Gentleman, der mir je begegnet ist, war, dem Geräusch nach zu urteilen, von Heiterkeit übermannt – *bei meinem bloßen Anblick*!

«Es – es – David, es tut mir leid, daß ich – daß –» Doch inzwischen brüllte er schon dermaßen vor Lachen, daß er nicht mehr zusammenhängend reden konnte. *Arthur Schonbrunn unfähig, zusammenhängend zu reden.* Wo wir schon beim Unglaublichen sind.

Zwanzig, dreißig Sekunden brüllendes Gelächter, dann war er fort. Sein Besuch hatte im ganzen etwa zwei Minuten gedauert.

Zwei Tage später kam die schriftliche Entschuldigung, in ebenso elegantem Stil gehalten, würde ich sagen, wie alles, was Arthur seit seinem schmalen Band über Musil herausgebracht hat. Und eine Woche später, auf den Tag genau – was für ein Gefühl für Timing diese Aufsteiger haben – die Sendung von Sam Goody, mit einem Kärtchen, unterzeichnet Debbie und Arthur S. – mit Debbies Handschrift, wie Claire mir sagt, und höchstwahrscheinlich auch ihre ureigenste Idee.

Eine Langspielplatte: Laurence Olivier als *Hamlet*. Shakespeare, William. Oh, ausgezeichnet! Du erhebest meine Seele, Deborah, *und* die deine *und* die des Dekans, alles mit einer geschmackvoll ausgesuchten Langspielplatte! Shakespeare! Du anmaßende, spießige Sau! Was ist mit meinen in Saffian gebundenen Gesammelten Werken von Balzac! Was ist mit meiner Zugehörigkeit zum *Great Books Club*! Warum nicht Beethovens Fünfte, du verhinderte Jacqueline!

Arthur hatte geschrieben: «Ihr Mißgeschick hätte nicht durch einen übersensiblen Menschen wie mich aggraviert werden dürfen. Ich bin außerstande zu erklären, was über mich gekommen war. Jeder Versuch dazu würde uns beiden doch nur wie Heuchelei erscheinen.»

Nach etwa dem vierzigsten oder fünfzigsten Anlauf diktierte ich Claire schließlich folgende Antwort, die sie für mich in den Briefkasten steckte. «Liebe Debbie und lieber Arthur S. Innixten Dank für die dufte Platte (mit Schall). Dave, ‹die Brust› K.» Bevor Claire das Kuvert zuklebte, ließ ich mir zweimal von ihr bestätigen, daß sie «innigsten» auch wirklich mit x geschrieben hatte ... Die verschiedenen vorher diktierten, doch dann verworfenen Zeilen waren herablassend gewesen, wortreich, verzeihend, heiter, ernst, kriecherisch, literarisch, zurückhaltend, geschäftsmäßig, schelmisch, böse, ungestüm, bösartig, unbeherrscht, unflätig oder im Dada-Stil – einige waren noch blödsinniger als die, die ich abschickte. Es lohnt sich nicht darüber nachzudenken, warum ich Claire bat, *diesen* Brief abzusenden statt irgendeinen der anderen; was ich den beiden schrieb, war ebenso bedeutungslos wie das, was Arthur bei jenem nachmittäglichen Besuch getan oder nicht getan hatte oder hätte tun können. Es ist ein Maßstab für Claires gesunden Menschenverstand und dafür, wie genau sie die Situation erfaßte, daß sie den Brief in den Kasten warf (wenn sie es tat), ohne irgendwelche Bedenken gegen seinen Inhalt oder seinen Ton zu äußern; auch sie wußte, daß er nichts zu bedeuten hatte.

«Übersensibel?» schrieb ich Arthur im ersten Brief, den ich Claire diktierte, praktisch Sekunden, nachdem sie mir den seinen vorgelesen hatte. «Wenn überhaupt etwas, so ist die Tatsache, daß Sie sich vor Lachen ausschütteten, ein Beweis für allerrobusteste Vitalität. Der Übersensible bin ich; wenn es anders wäre, so hätte ich in Ihr Lachen eingestimmt. Ich weiß die ungeheure Komik von alldem nicht zu würdigen, weil in mir mehr von Arthur Schonbrunn steckt als in Ihnen, Sie eitler, narzißtischer, aufgetakelter Fatzke!» Aber stimmt das? Ist das wirklich die grundlegende Wahrheit, geneigter Leser? Ist es meine verletzte Eitelkeit, die am allermeisten schmerzt? War das meine ganze ‹Würde› – und ist es noch? Oh, was gäbe ich dann für so ein richtiges, von Herzen kommendes, unbezähmbares Lachen, auf meine Kosten! Für ein Lachen, das dort unten, wo ich als Wassermelone ende, beginnt und sich, anschwellend, nach oben hin fortsetzt, bis es freudig aus den Öffnungen meiner Brustwarze sickert.

Die zweite Krise, die mir den Rest zu geben drohte und die ich für den Augenblick (ich muß diese Einschränkung immer wieder machen) überwunden zu haben scheine, könnte meine Glaubenskrise genannt werden. Da diese Krise in ihrer ganzen Heftigkeit erst einen Monat nach Arthurs Besuch auftrat, läßt sich nicht mit Sicherheit sagen, ob sie durch jenen bizarren kleinen Zwischenfall herbeigeführt wurde oder nicht; ich bin längst darüber hinweg, Arthur Schonbrunn dafür zu hassen, daß er mir damals so weh getan hat – zumindest arbeite ich daran, längst darüber hinweg zu sein –, und so neige ich zur Zeit dazu, Dr. Klingers Ansicht zu teilen, daß das, was ich als nächstes durchzustehen hatte, mehr oder weniger nicht zu umgehen war – obwohl Arthurs Besuch die Entwicklung der Dinge beschleunigt haben mag.

Folgendes war geschehen: ich weigerte mich zu glauben, daß ich mich in eine Brust verwandelt hätte. Nachdem ich mit größter Anstrengung meine Sexualphantasien fast gänzlich unter Kontrolle gebracht hatte, überkam mich die Gewißheit, daß all dieses nicht möglich sei. Ein Mensch kann sich nicht in eine Brust verwandeln – außer in seiner Einbildung. Der Schock, den all das bewirkt hatte, war so gewaltig gewesen, daß ich fast sechs Monate dazu brauchte, die Realität des Ganzen in Frage zu stellen. «Aber hören Sie zu: all dies ist ja gar nicht geschehen – weil es nicht geschehen kann!»

«Warum kann es das nicht?» fragte Dr. Klinger.

«Sie wissen, warum! Jedes Kind weiß das! Weil es eine physiologische und biologische und anatomische Unmöglichkeit darstellt, darum!»

«Wie erklären Sie sich dann Ihre mißliche Lage?»

«Es ist ein Traum! All das ist so etwas ähnliches wie ein Traum! Es sind gar nicht sechs Monate vergangen – das ist eine Sinnestäuschung! Ich träume! Es handelt sich nur darum aufzuwachen!»

«Aber Sie sind wach, Mr. Kepesh. Sie wissen, daß Sie wach sind.»

«Hören Sie auf! Quälen Sie mich nicht so! Lassen Sie mich aufstehen! Es ist nun genug! Ich will jetzt aufwachen!»

Viele Tage – oder, wie ich mir entschlossen sagte, das, was in einem Alptraum als viele Tage gilt – kämpfte ich darum zu erwachen. Claire kam, mein

Vater kam, der Krankenpfleger Mr. Brooks kam – eines Morgens klopfte er mir, um mich zu wecken, einfach mit der flachen Hand leicht auf meinen Brustwarzenhof. In den ersten Sekunden des wiedererlangten Bewußtseins bildete ich mir ein, hellwach und eine Brust zu sein, nur, um gleich darauf mit Entsetzen zu begreifen, daß man mich nicht aus einem wirklichen Schlaf geweckt hatte, sondern aus dem Schlaf, den ich innerhalb meines Alptraums schlief, und daß ich nach wie vor David Alan Kepesh war, der träumte. Dies ist ein Traum! Hört auf mich zu quälen! *Laßt mich aufstehen!* Ich brüllte, fluchte und beschimpfte meine Peiniger, obwohl ich, wenn es ein Traum war, natürlich Peiniger beschimpfte, die es nur in meiner Vorstellung gab. Trotzdem fluchte und schimpfte ich weiter: Claire, du herzlose Fotze! Vater, du Trottel! Mr. Brooks, Sie sadistische schwule Sau! Klinger, Sie Lügner! Gordon, Sie Hohlkopf! Ich beschimpfte die Zuschauer auf den Sitzbänken des von mir erdachten Hörsaals, ich beschimpfte die Techniker des von mir erdachten Hausfernsehens – Voyeure! Gefühllose Voyeure! – und immer so weiter, bis sie endlich – da sie fürchteten, daß mein defekter Organismus einer so anhaltenden psychischen Attacke nicht standhalten würde (ja, das waren die Worte, die ich diesen Klugschwätzern in den Mund legte) – beschlossen, mich unter schwere Sedativa zu setzen. Wie ich jetzt erst brüllte! «Rohlinge!» schrie ich. «Verbrecher! Teufel!» schrie ich, sogar dann noch, als die Droge bereits ihre betäubende Wirkung tat und meine Peiniger mich, während ich weiter brüllte und um mich schlug, aus meiner lichtlosen Zelle in ein noch dunkleres Verlies hinunterzerrten und -schleppten und mich in schweren, schweren Ketten und in äußerster Einsamkeit liegen ließen.

Als ich wieder zu mir kam, begriff ich zum ersten Mal, daß ich verrückt geworden war. Ich träumte nicht, ich war verrückt. Es würde kein magisches ‹Erwachen› geben, ich würde diesen Alptraum nicht abschütteln und aufstehen können, die Zähne putzen und auf der Schnellstraße nach Long Island fahren, um meine Vorlesungen zu halten; wenn es überhaupt noch etwas gab (und ich flehte darum, daß das der Fall sei, daß ich noch nicht ganz verloren wäre), so war es der lange Rückweg der Rekonvaleszenz, der langsamen geistigen Gesundung. Und natürlich war der erste, große Schritt auf diesem Wege eben die Gewißheit, daß das Gefühl, eine Brust zu sein – mein Leben als Brust –, die Wahnvorstellung eines Irren sei.

Allerdings verstand ich überhaupt nicht, wie es dazu gekommen war, daß ich den Verstand verloren hatte, oder warum. Es ging über mein Vermögen, mich daran zu erinnern, was es gewesen war, das einen so umfassenden schizophrenen Zusammenbruch herbeigeführt hatte, aber andererseits stellte das kein Argument gegen meine neue Hypothese dar, denn was immer meinen Kollaps verursacht haben mochte: es war unweigerlich etwas so Entsetzliches gewesen, daß ich jede Erinnerung daran auslöschen *mußte.* Konnte die Wahrheit nicht so aussehen, daß ich mich in diesem Augenblick allein in einem Raum innerhalb der Mauern eines Irrenhauses befand, der Nacht meines wahnhaften Zustandes überlassen? Daß ich nicht sehen konnte, daß ich nicht riechen und nicht schmekken konnte, daß ich nur schlecht hörte, daß ich keinerlei Kontakt zu meinem eigenen Körper fand, daß ich das Gefühl hatte, als redete ich mit anderen wie jemand, der in seinem eigenen adipösen Gewebe, das ihn fast erstickt, begraben ist – waren diese Symptome in der Unterwelt der Psychose wirklich so unbekannt?

Doch, so argumentierte ich, wenn alles sich in dieser Weise verhält, warum sagt mir dann Dr. Klinger – daß es sich um Dr. Klinger handelte, dessen war ich sicher; schließlich mußte ich irgendeiner Sache sicher sein, wenn ich einen Anfang setzen wollte, also klammerte ich mich an seine leicht gefärbte Aussprache, an seine freimütige, direkte Art und seinen hausbackenen Humor wie an einen Beweis dafür, daß zumindest *dieses* innerhalb meines Erlebens wirklich war – warum sagte mir dann Dr. Klinger, meine geistige Gesundheit hänge davon ab, daß ich meinen Zustand *akzeptiere*, sie hänge davon ab, daß ich es lerne, mir trotz dieses furchtbaren Unglücks mein seelisches Gleichgewicht zu bewahren, wenn doch in Wahrheit der Weg zu meiner Gesundung eindeutig der ist, diese gräßliche Vorstellung von mir selbst *anzufechten*, sie zu *bekämpfen*? Die Antwort liegt auf der Hand: Dr. Klinger hatte das gar nicht gesagt. Infolge meiner Krankheit unterschob ich seinen Worten, die zweifellos simpel und klar gewesen waren, den entgegengesetzten Sinn.

Als er an diesem Nachmittag bei mir Visite machte, bot ich meine ganze berühmte Entschlossenheit auf, um ihm so simpel und klar, wie es *mir* möglich war, die Entdeckung, die ich am Morgen gemacht hatte, zu erläutern. Als ich geendet hatte, weinte ich vor freudiger Erleichterung, doch abgesehen davon war mein Vortrag so inspiriert gewesen wie nur je. Manchmal hört man sich während einer Vorlesung selbst reden – in makelloser Phraseologie, mit angemessenem Nachdruck und bedachtsam gesetzten Zäsuren; man drückt seine Gedanken in wohl abgerundeten Sätzen aus und verbindet diese zu bedeutungsträchtigen, sorgfältig gegliederten Abschnitten. Dann fällt es schwer zu glauben, daß derselbe Bursche, der nun mit silberner Zunge und großer Maßgeblichkeit zu seinen mäuschenstill dasitzenden Studenten spricht, diese vor nicht länger als einer Stunde mit gänzlich unüberzeugenden, fragmentarisch vorgebrachten literarischen Spekulationen in Verwirrung gestürzt hat. Sie können sich also vorstellen, wie schwer es mir fiel, die maßvolle Stimme, die nun zu Dr. Klinger sprach, mit dem Heulen und Toben des Irren, der ich vor der unter Sedativa verbrachten Woche gewesen war, in Verbindung zu bringen. Wenn ich nach wie vor ein Irrer sein sollte – nach wie vor eine Brust, war ich nach wie vor irre –, so war ich zweifellos auf meiner Station einer der luzidesten und beredtesten Irren.

Ich sagte: «Seltsamerweise ist es Arthur Schonbrunns Besuch, der mir bestätigt, daß ich endlich auf der richtigen Spur bin. Wie hätte ich mir je vorstellen können, daß Arthur hierherkommt und *lacht*? Wie konnte ich je eine so eindeutig paranoide Sinnestäuschung für Wahrheit halten? Ich verfluche ihn und Debbie nun schon einen ganzen Monat lang, dabei entbehrt das jeglichen Sinnes, denn wenn es einen Menschen auf der Welt gibt, der in einer solchen Situation die Selbstbeherrschung *nicht* verliert, dann ist es Arthur.»

«Er steht also über den Anfechtungen der menschlichen Natur, dieser Dekan?»

«Wollen Sie es genau wissen? Die Antwort lautet ja. Er steht über den Anfechtungen der menschlichen Natur.»

«Was für ein geriebener Schwindler.»

«Es geht nicht um seine Geriebenheit – das hieße die Sache von der falschen Seite anpacken. Es geht darum, daß ich so irre war. Ich hab mir das alles nur eingebildet. Gott, mein Gott!»

«Und sein Brief, den Sie so liebenswürdig beantwortet haben? Der Sie so wütend machte?»

«Auch Irrsinn.»

«Und die Schallplatte?»

«Ah ja, die *gibt* es, die ist *wirklich*. Genau Debbies Masche. Oh, ja, ich *spüre* den Unterschied jetzt, in diesem Augenblick, ich kann ganz genau zwischen der Wirklichkeit und dem bloß Eingebildeten unterscheiden, zwischen dem irren Zeug und dem, was tatsächlich geschehen ist. Oh, ich spüre den Unterschied, *Sie müssen mir glauben*. Ich habe den Verstand verloren, aber jetzt *weiß* ich es!»

«Und aus welchem Grund haben Sie ‹den Verstand verloren›, wie Sie sich ausdrücken? Was glauben Sie?» fragte Dr. Klinger.

«Ich kann mich nicht erinnern.»

«Haben Sie denn nicht irgendeine Vermutung? Was könnte unter Umständen bei jemandem wie Ihnen eine so umfassende und durch nichts zu erschütternde Wahnvorstellung ausgelöst haben?»

«Ich sage Ihnen die Wahrheit, Doktor. Ich habe keine Ahnung. Jedenfalls bis jetzt nicht.»

«Was fällt Ihnen denn so dazu ein? Gar nichts?»

«Was mir dazu einfällt – was mir heute morgen eingefallen ist –, reicht eigentlich nicht aus und klingt auch nicht sehr überzeugend.» – «Was denn?»

«Sehen Sie, ich greife nach Strohhalmen. Ich hab mir gedacht, es kommt von den Romanen. Die Bücher, über die ich Vorlesungen halte, haben es bewirkt. Die haben mir das in den Kopf gesetzt. Ich hoffe, es klingt nicht allzu verschroben, aber ich denke da an meinen Kursus über europäische Literatur ... daran, daß ich jedes Jahr über Gogol und Kafka lese – über ‹Die Nase› und über ‹Die Verwandlung›.»

«Na schön, aber viele Professoren lesen über ‹Die Nase› und ‹Die Verwandlung›.»

«Aber vielleicht», sagte ich, und dieses Mal war die

Komik beabsichtigt, «vielleicht nicht mit so viel innerer Überzeugung wie ich.»

Auch er lachte.

«Ich *bin* also verrückt – nicht wahr?»

«Nein.»

Der Rückschlag war nur von kurzer Dauer: mir ging auf, daß er «ja» gesagt haben mußte, und ich hatte es augenblicklich ins Gegenteil verkehrt, so, wie wir das Bild, das verkehrt herum auf unsere Netzhaut fällt, umdrehen.

«Ich möchte Ihnen sagen, daß ich, obwohl Sie es soeben bejahten, als ich Sie fragte, ob ich verrückt sei, daß ich Sie ‹nein› sagen hörte.»

«Ich habe nein gesagt. Sie sind nicht verrückt. Sie sind nicht in den Fängen einer Wahnvorstellung und waren es bis jetzt auch nicht. Sie haben keinen sogenannten schizophrenen Zusammenbruch erlitten. Sie sind sozusagen eine Brust. Sie haben heroische Anstrengungen gemacht, sich diesem mysteriösen Mißgeschick anzupassen. Ich verstehe die Versuchung, ja, bis zu einem gewissen Grade sogar die Notwendigkeit, der verlockenden Vorstellung nachzugeben, daß das alles bloß ein Traum ist, eine Halluzination, eine Sinnestäuschung, oder wie Sie es nennen wollen – vielleicht ein drogenbedingter Zustand. Aber es ist nichts von alledem. Es ist etwas, das Ihnen zugestoßen ist. Und was *zum* Wahnsinn führt, Mr. Kepesh, hören Sie? – *was in den Wahnsinn führt*, ist, so zu tun, als verhalte es sich anders. Der Trost, der *da*rin liegt, hält nicht lange an, versichere ich Sie. Ich möchte Sie von diesem Kurs abbringen, bevor Sie ihm weiter folgen. Ich will, daß Sie sich von dem Gefühl befreien, Sie seien verrückt. Sie sind nicht verrückt, und so zu tun, als seien Sie es, wird Sie zugrunde richten. Wahnsinn ist keine Lösung, weder eingebildeter Wahnsinn noch tatsächlicher.»

«Wieder hab ich genau das Gegenteil gehört. Ich habe den Sinn Ihrer Worte auf den Kopf gestellt.»

«Nein, das haben Sie nicht getan.»

«Eine Frage: können Sie sich darunter überhaupt etwas vorstellen – ich meine, daß die jahrelangen Vorlesungen über die erwähnten Werke diesen besonderen Wahn geschürt haben könnten? Ich meine, abgesehen davon, welches Trauma die ganze Sache dann letzten Endes ausgelöst hat.»

«Aber es handelt sich nicht um ein Trauma psychologischer Art, und, wie ich Ihnen schon sagte, Ihre gegenwärtige Verfassung *ist* keine Sinnestäuschung.»

Die ironische Antwort, die ich ihm darauf gab, machte mir selbst Spaß – und sie zeugte von Gesundung! Gesundung! Ich sagte: «Aber wenn es so wäre, Dr. Klinger – denn ich habe soeben erneut verstanden, daß Sie sagten, es handele sich nicht um eine Wahnvorstellung – *wenn* es so wäre, wären Sie *dann* geneigt, irgendeine Verbindung zwischen der besonderen Art von Sinnestäuschung, in die ich mich verbohrt habe, und der Macht zu sehen, die Kafka oder Gogol über meine Phantasie besitzen? Oder Swift?

Ich denke da an *Gullivers Reisen*, ein Werk, worüber ich ebenfalls seit Jahren lese. Dr. Klinger, hören Sie gut zu. Vielleicht, wenn wir auf diesem Wege weitermachen, nämlich meine Krankheit hypothetisch als –»

«Um es noch einmal zu wiederholen: von einer Krankheit im psychischen Sinne kann bei Ihnen keine Rede sein. Das heißt, bis jetzt nicht. Da hatten wir einen Schock, dazu Panik, Wut, Verzweiflung, Desorientierung, das übermäßige Gefühl gänzlicher Hilflosigkeit und Isolierung, tiefe Depressionen, doch bei alledem, wie durch ein Wunder, nicht das, was ich als seelische Krankheit bezeichnen würde. Selbst dann nicht, als Ihr alter Freund, der Dekan, auftauchte und einen Lachanfall bekam. Das hat einen Schock bei Ihnen ausgelöst, den Sie noch nicht überwunden haben. Es hat Sie völlig niedergeschmettert, verständlicherweise. Und, ich weiß, es hilft einem in dem Fall gar nichts, gesagt zu bekommen, der andere habe sich mit seinen eigenen Empfindlichkeiten herumzuschlagen. Es war ganz gräßlich für Sie, ein solches Lachen zu hören, auch wenn es weniger mit Ihnen zu tun hatte als mit der fragwürdigen Einstellung zum Leben, die ein solcher Mensch, trotz all seiner äußeren Glätte und seiner maßgeschneiderten Anzüge, zweifellos hat. Sie haben Arthur Schonbrunns Besuch nicht erfunden, Mr. Kepesh, Sie haben sich das, was ihn dann überkam, nicht eingebildet. *Es ist geschehen.* Sie spielen den Einfältigen, wenn Sie behaupten, eine solche Reaktion von ihm oder wem auch immer sei ‹unmöglich›. Dafür kennen Sie die menschliche Natur zu gut. Dafür sind Sie zu vertraut mit Dostojewskij.»

«Soll ich Ihnen wiederholen, was Sie, wie mir scheint, soeben gesagt haben?»

«Das erübrigt sich. Was Sie glauben gehört zu haben, *haben* Sie gehört. Schluß damit, Mr. Kepesh – je eher, desto besser. Diese literarische Spekulation – Gogol, Kafka und so weiter –, die Ihnen, wie Sie andeuten, selbst ein wenig verschroben vorkommt, wird Sie, wenn Sie dabei bleiben, noch in ernstliche Schwierigkeiten bringen. Wenn Sie diesen Kurs beibehalten, wird die Kraft, mit der Sie eine so einmalig schwierige Situation meistern, so weit nachlassen, daß Sie als nächstes genau die echten und unheilbaren Wahnvorstellungen *produziert* haben werden, unter denen Sie jetzt zu leiden behaupten. Können Sie mir folgen, Mr. Kepesh? Sie sind ein hochintelligenter Mensch und haben einen sehr starken Willen, und ich möchte, daß Sie sofort damit aufhören.»

Dieser imaginäre Zweikampf war überaus anstrengend, doch ich nahm nicht mehr an, daß die Rückkehr zu dem Punkt, an dem ich begonnen hatte, so einfach sein würde wie das Erwachen aus einem bösen Traum. Es würde die Hölle sein, aber was war jene Hölle im Vergleich zu dieser?

«Dr. Klinger!» rief ich. «Hören Sie – ich werde mich davon nicht in den Irrsinn treiben lassen! Was es auch ist, ich werde mich nicht mehr davon in den Irrsinn treiben lassen! Ich werde mich hindurchkämpfen, heraus aus alldem! Ich schwöre Ihnen, ich werde kämpfen bis aufs Blut! Ich werde nicht mehr das Gegenteil hören! Ich werde ab heute *das* hören, was sie alle zu mir sagen. Hören Sie mich, Doktor? Verstehen Sie, was *ich* sage? Ich werde diese Wahnvorstellungen *nicht* akzeptieren! Ich werde nicht ihr Opfer sein! Doktor, Sie *werden* zu mir durchdringen, mich erreichen! Geben Sie mich nicht auf!» flehte ich. «Hören Sie mich? Verstehen Sie mich? Bitte geben Sie mich nicht auf! Geben Sie mich nicht verloren! Ich werde mich durchkämpfen, mich von dieser Sache befreien und wieder ich selbst sein! Ganz bestimmt!»

Hinfort galten meine Tage ausschließlich dem Bemühen, in das, was ich hörte, einzudringen, um dahinterzukommen, was wirklich zu mir gesagt wurde, ob nun von den Ärzten oder von Mr. Brooks oder Claire. Das erforderte eine Art dekonzentrierter und doch unaufhörlicher Willensanstrengung, die mich dermaßen mitnahm, daß ich bei Anbruch der Nacht das Gefühl hatte, der Hauch von den Lippen eines Kindes würde genügen, die flackernde kleine Flamme der Erinnerung und der Intelligenz und der Hoffnung, die immer noch Anspruch darauf erhob, David Alan Kepesh zu sein, zum Verlöschen zu bringen.

Als mein Vater am Sonntag zu Besuch kam, erzählte ich ihm die Neuigkeit, obwohl ich davon überzeugt war, daß Dr. Klinger und Claire ihn bereits informiert hatten. Ich schwatzte drauflos wie ein kleiner Junge, der einen Preis gewonnen hat. Ich versicherte ihm, es sei wahr: ich glaubte nicht mehr, eine Brust zu sein. Wenn es mir auch nicht gelungen sei, mich von der physischen Auswirkung meiner Wahnvorstellung zu befreien – die Psychose als solche baue ich jeden Tag ein Stück mehr ab; jeder Tag, jede Stunde brächte mich meinem früheren Ich wieder näher und ich könne sogar den Zeitpunkt ins Auge fassen, zu dem ich erneut im Hörsaal stehen und Vorlesungen über Gogol und Kafka halten würde, statt die naturwidrigen Verwandlungen, die jene Schriftsteller für die Protagonisten ihrer berühmten Romane ersonnen haben, stellvertretend am eigenen Leibe zu erfahren. Da mein Vater von Büchern nichts versteht, sprudelte ich, wie ein kleiner Junge, noch allerlei hervor: ich erzählte ihm, wie Gregor Samsa – in Kafkas Meisterwerk – eines Morgens erwacht und feststellt, daß er sich in einen Riesenkäfer verwandelt hat; es folgte eine kurze Inhaltsangabe der ‹Nase›: wie Gogols Held eines Tages erwacht, seine eigene Nase vermißt und sich, quer durch ganz St. Petersburg, auf die Suche nach ihr macht, eine Annonce in der Zeitung aufgibt, in der er ihre Wiedergabe fordert, «sie» auf der Straße gehen sieht und so weiter, bis sie sich schließlich auf ebenso unerklärliche Weise wieder in seinem Gesicht befindet, wie sie daraus verschwunden war. (Ich hörte ihn denken: «Und über solches Zeugs hältst du Vorlesungen, in der Universität?») Ich setzte ihm auseinander, daß ich mich nach wie vor nicht an die Gemütserschütterung erinnern könne, die mich ‹geschafft› hätte; sie müsse so entsetzlich gewesen sein, daß ich heute noch einfach taub würde, *nicht mehr hören könne*, wenn der Arzt versuche, sie mir ins Gedächtnis zurückzurufen. Es würde noch lange dauern, sagte ich ihm, sehr lange, aber zumindest befinde ich mich schon auf dem Rückweg. Ich hätte die Reise angetreten und setze nun einen Fuß vor den anderen. Ich erklärte ihm, daß ich mich, um dem traumatischen Erlebnis zu entfliehen – worin es auch bestanden haben mochte –, offenbar an die nächstliegende absurde Vorstellung geklammert hätte, und zwar an die Verwandlungsphantasien eines Kafka oder Gogol, über die ich noch eine Woche vor der Katastrophe zu meinen Studenten gesprochen hatte. Nun würde ich, mit Dr. Klingers Hilfe, versuchen herauszubekommen, warum ich mir ausgerechnet vorgestellt hätte, eine Brust zu sein. Welches wirbelnde Chaos aus Wünschen, Sehnsüchten und Ängsten hatte sich in dieser primitiven Identifizierung mit *dem* Objekt infantiler Verehrung so eruptiv entladen? Welche unerfüllten Begierden oder weit zurückliegenden Verwirrungen waren da aufeinandergestoßen, um eine gigantische Wahnvorstellung von so einmaliger, so *klassischer* Simplizität auszulösen? Wie wäre ein solcher ‹Brust-Neid› zu erklären, der möglicherweise der Anlaß zu einem so ausgefallenen Hirngespinst gewesen war? War ich bloß einer der amerikanischen Jungen, die zuviel Comics gelesen hatten? Oder war es eher ein heißes Verlangen, ein aufwühlendes, tief inneres Sehnen nach äußerster, seliger Hilflosigkeit, der Wunsch, ein großer, hirnloser Gewebeklumpen zu sein – begehrenswert, stumm, passiv, unbeweglich, etwas, das mit sich geschehen läßt, statt zu handeln, hängend und *da*-seiend, wie eine Frauenbrust hängt und *da* ist. Oder betrachte es als eine Art Winterschlaf, als einen langen Winterschlaf, verborgen und geborgen zwischen den Hügeln des weiblichen Körpers. Oder – oder stell dir die Brust als meinen Kokon vor, als den leiblichen Vetter jener Blase, in der ich das Fruchtwasser meiner Mutter trat. Oder, oder, oder. Ich plapperte vor mich hin; zweifellos überforderte ich ihn, aber schließlich war auch ich überfordert, vom gesunden Menschenverstand ganz zu schweigen – aber wo *sollte* man denn bloß ansetzen, um einem Phänomen wie diesem auf die Spur zu kommen? Also schwatzte ich meinem Daddy in meiner Verrücktheit etwas vor, und dann weinte ich wieder mal vor Freude. Keine Tränen, aber ich weinte. Wo waren meine Tränen? Wann würde ich wieder Tränen spüren? Wann würde ich meine Zähne spüren, meine Zunge, meine Zehen?

Lange Zeit schwieg mein Vater. Vielleicht, dachte ich, weint auch er. Dann widmete er sich dem Wochenbericht: die Tochter von Sowieso ist schwanger, der Sohn von Sowieso hat sich ein Haus für hunderttausend Dollar gekauft, mein Onkel liefert Essen und Trinken für die Hochzeit des Sohnes von Richard Tuckers jüngerem Bruder.

Jetzt wurde mir klar, daß die Erregung meine Worte

völlig unverständlich gemacht hatte. Während ich gegen die Vorstellung, ich sei eine Brust, ankämpfte, war mir entfallen, daß ich aus irgendeinem Grunde nach wie vor praktisch deklamieren mußte, wie auf einer Bühne, damit jedes meiner Worte auch wirklich verständlich war. Mit meinem ‹Lautstärkeregler› stimmte immer noch irgend etwas nicht, oder vielleicht lag es an meinem Gehör, denn offenbar neigte ich nach wie vor dazu, zu murmeln oder zu flüstern, wenn ich glaubte, ich spräche in normalem Umgangston. Doch eines wußte ich: es lag nicht daran, daß meine Stimmbänder in einer hundertundvierzig Pfund schweren Milchdrüse eingebettet waren. Mein Körper war nach wie vor mein Körper! So laut wie irgend möglich wiederholte ich mehr oder weniger das gleiche, was ich meinem Vater soeben über meinen ‹Durchbruch› erzählt hatte. Dann fiel mir ein zu fragen – wie zögernd doch für einen Geistesgestörten die Morgendämmerung anbricht! –: «Dad, wo sind wir?»

«In deinem Zimmer», antwortete er.

«Und habe ich mich in eine Brust verwandelt?»

«Na ja, das sagen sie jedenfalls.»

«Aber es ist nicht wahr! Ich bin geisteskrank! Wiederhole es, was bin ich?»

«Ach, David.»

«Was bin ich?»

«Du bist eine weibliche Brust.»

«Das ist nicht wahr! Was ich dich eben sagen hörte, ist nicht wahr! Ich bin geisteskrank! Ich befinde mich in einer Irrenanstalt! Und du besuchst mich! Dad, wenn das stimmt, brauchst du nur ja zu sagen. Hör zu: ich bin geisteskrank. Ich bin in einem Irrenhaus. Ich hatte einen schweren Nervenzusammenbruch. Ja oder nein. *Sag mir die Wahrheit.*»

Und mein Vater entgegnete: «Ja, mein Sohn, ja. Du bist geisteskrank.»

«Ich hab es gehört!» rief ich Dr. Klinger zu, als er im Laufe des Tages kam, um, wie jeden Tag, eine Stunde bei mir zu verbringen. «Ich hab meinen Vater gehört! Ich hab's geschafft! Ich habe die Wahrheit gehört! Ich habe gehört, daß er sagte, ich wäre geisteskrank!»

«Das hätte er Ihnen auf keinen Fall sagen sollen.»

«Ich hab's gehört! Es hat sich nicht ins Gegenteil verkehrt!»

«Ihr Vater liebt Sie. Er ist ein schlichter Mensch, und er liebt Sie von Herzen. Er dachte, es würde Ihnen helfen, wenn er das sagt. Er weiß inzwischen, daß Ihnen das nicht helfen kann. Und Sie wissen es auch.»

Doch ich war außer mir und weinte und weinte. Mein Vater war zu mir durchgedrungen; mit den anderen würde es sehr bald ebenso sein. «Ich hab's gehört!» sagte ich. «Ich bin keine Brust! Ich bin verrückt!»

In der folgenden Woche mache ich Fortschritte, zumindest höre ich mich das sagen. Was für Theorien ich entwickle, um sie für meine Wahnvorstellung verantwortlich zu machen! Wie erfinderisch meine verzweifelte Hoffnung auf Heilung mich macht! Wie ich mich abmühe, geistig und körperlich wieder normal zu sein! Ich durchforsche meine unreinlichen Anfänge, auf der Suche nach einer einzigen leuchtenden Erinnerung meines hungernden Zahnfleisches am Zapfhahn, die Nase in der nährenden Kugel. «Wenn sie noch lebte, wenn sie mir sagen könnte –»

«Ihnen *was* sagen könnte?» fragt Dr. Klinger. Ich stöhne. Weiß ich's denn? Aber wo sonst soll man beginnen als dort – nur: dort ist nichts. Es liegt alles zu weit zurück, dort, wo ich jetzt bin. Ich kralle mich in den Schlamm am Meeresgrund, doch wenn ich wieder aufgestiegen bin, habe ich nicht einmal Treibsand unter den Fingernägeln. Ah, aber dieses Tauchen ist belebend! Die Anstrengung! Die Arbeit, die ich daran wende! Ich lasse mich nicht kleinkriegen, *ich darf nur nicht aufgeben*! Ich bin zu den frühesten Stunden meiner menschlichen Existenz zurückgekehrt, sage ich dem Doktor, da die Brust und ich eins sind, da alles das eigene Selbst ist und das Selbst alles, da das Konkave das Konvexe ist, und das Konvexe das Konkave, meine ersten tausend Stunden nach den Äonen des Nichts, die Morgendämmerung meines Lebens, mein gelobtes Land. Wie ich rede! Alles und jedes! Ich werde ganz bestimmt noch darauf kommen. Ich werde nicht schweigen, bis ich wieder bei Verstand bin! Vielleicht ist das alles ein Zusammenbruch nach der Psychoanalyse, der sich ein Jahr lang vorbereitet hat – das letzte, verzweifeltste Mittel, mich an Dr. Klinger zu klammern. Doch nun hat es bei mir geklingelt, Dr. Klinger!

«Haben Sie je daran gedacht, Doktor, welche Phantasien Ihr bloßer Name in Ihren kindischen Patienten hervorruft? Ist Ihnen nicht aufgefallen, daß unser aller Namen mit einem K beginnen, Ihrer und meiner und der von Kafka? Und dann ist das noch Claire – und Miss Clark!» «Das Alphabet *hat* nur sechsundzwanzig Buchstaben», sagt er trocken wie ein Sprachlehrer. «Und es gibt Milliarden von uns, die Anfangsbuchstaben brauchen – zum Zwecke der Identifikation.» «Aber!» «Aber was?» «Aber irgend was! Aber etwas! Bitte, wenn es *mir* nicht möglich ist, tun *Sie* es – geben Sie mir einen Anhaltspunkt! Geben Sie mir einen Hinweis! Ich will hier raus!»

Ich versuche, die Schlüsselerlebnisse meines Seelenlebens mit ihm durchzugehen, wieder einmal wende ich die Seiten um, in jener Sammlung von Berichten, die wir beide zusammengetragen hatten, als eine Art Manuskript für den Lehrgang, den wir fünf Jahre lang miteinander absolvierten: «Die Geschichte von David Alan Kepesh». Doch die Geschichten sind nutzlos, das muß selbst ich zugeben. Mittlerweile zu bekannt; wir haben sie schon zu oft durchgekaut. Das Drama meines Lebens ist ungefähr so interessant wie ein Lesebuch für die zehnte Klasse, mit Maupassants «Das Halsband» und Bret Hartes «Das Glück von Roaring Camp». Wenn die suggestive Dichte und der Beziehungsreichtum der Anthologie meines Lebens mich weiterhin gefesselt hätten, hätte ich meine psychoanalytische Behandlung nicht, wie ich es tat, beendet, doch ein gewichtiges Zeichen dafür, daß die Sache ihr Ende gefunden hatte, war unter anderem die Tatsache, daß die Berichte aus dem Leben von Kepesh, einst so aufregend für mich wie alles in den «Brüdern Karamasow», so viele Male wiedergekäut und kommentiert worden waren wie das literarische Steckenpferd des allerverknöchertsten Hochschullehrers von ganz Amerika. Und *das* nenne ich eine erfolgreiche Psychoanalyse.

Aha, dachte ich, da haben wir das Trauma, an das ich mich nicht erinnern kann: *der Erfolg als solcher.* Davor bin ich geflohen: *vor meinem Sieg!* Das war es, was ich nicht ertragen konnte! «Was?» fragt Dr. Klinger. «Was konnten Sie nicht ertragen?» «Die Anerkennung! Das Abgerundete! Das Wohlbehagen! Ein ruhiges und geordnetes und zufriedenstellendes Leben! Ein Leben ohne –» «Moment mal. Warum konnten Sie all das nicht ertragen? Das sind wunderschöne Dinge. Schluß damit, Mr. Kepesh. Sie konnten das ertragen wie jeder andere.» Aber ich höre nicht zu, denn was ich ihn sagen höre, ist ja doch nicht das, was er sagt. Ich rede darüber, worüber Kranke eben reden – von jenem imaginären Freund der Verwirrten, *meiner Schuld.* Ich spreche über Helen, meine ehemalige Frau, deren Leben, wie ich höre, jetzt noch schrecklicher ist als zu der Zeit, da wir gemeinsam unter dem Unglück litten, das ‹unsere Ehe› hieß. Denn sie ist wieder verheiratet, mit einem Säufer, und hat, wie man mir erzählt, selbst zu trinken angefangen. Ich erinnere mich, wie ich vor einigen Jahren meine Schadenfreude nicht unterdrücken konnte, als ein alter Freund, der aus San Francisco, wo Helen jetzt wieder lebt, zu Besuch kam, mir (und meiner reizenden jungen Freundin, die unser herrliches Mahl zubereitet hatte) von Helens fortdauerndem Unglück erzählte, von ihrem Ehe-Clinch, den zweiundzwanzig Pfunden, die sie zugenommen habe, und den Tränensäcken unter ihren Augen. Geschieht dem Aas recht, dachte ich … «Und nun glauben Sie, daß Sie sich selbst mit Irrsinn bestrafen – für eine so übliche, alltägliche Gehässigkeit? Schluß damit, Mr. Kepesh.» «Ich sage, daß der Anblick meines eigenen Glücks zuviel für mich war! Darum ist auch meine sexuelle Beziehung zu Claire so lau geworden! So viel Erfüllung hat mir angst gemacht! Es schien mir so von Grund auf ungerecht! Meine Schuld!» «Schluß damit, Mr. Kepesh. Das ist die schiere Woolworth-Psychologie. So viel Religiosität. So viel Eigenlob unter der Maske objektiven Denkens. Und das bei einem Mann von Ihrer Skepsis und Weltklugheit.» «Aber wenn nicht das, *was dann? Helfen Sie mir!* Was ist die Ursache!»

«Nichts ist ‹die Ursache›.»

«Warum bin ich dann verrückt?»

«Aber Sie sind nicht verrückt.»

Am folgenden Sonntag, als ich meinen Vater frage, ob ich geisteskrank bin – nur um mich zu vergewissern –, antwortet er: «Nein.»

«Aber vergangene Woche hast du ja gesagt!»

«Das hätte ich nicht tun dürfen.»

«Aber es ist die Wahrheit!»

«Nein, das ist es nicht.»

«Oh, Gott, ich verdrehe schon wieder alles!»

«Das tun Sie nicht», sagte Dr. Klinger.

«Was tun Sie hier? Heute ist Sonntag! Mein Vater ist da, nicht Sie! Sie sind überhaupt nicht da!»

«Ich *bin* da, Mr. Kepesh. Mit Ihrem Vater. Hier, neben Ihnen.»

«Alles gerät durcheinander! Ich will nicht durcheinandergebracht werden! Helft mir! Hört ihr? Helft mir! Ich brauche eure Hilfe! Ich schaffe es nicht allein! Macht mir Mut! Sprecht mir Mut zu! Sagt mir die reine Wahrheit! Wenn Claire an mir saugt, warum gebe ich dann keine Milch? Wo ist meine Milch! Das will ich wissen!»

«Oh, Davie.» Die Stimme meines Vaters, seine stoppelige Wange an meiner Brustwarze! «Mein Sohn, mein lieber Sohn.»

«Daddy, was ist geschehen? Umarme mich, Poppy – was ist geschehen? *Warum bin ich verrückt geworden?*»

«Du bist nicht verrückt, Liebling», schluchzte er; seine Tränen feuchteten meine Haut.

«Aber wo ist dann meine Milch? Antworte mir! Wenn ich eine Brust wäre, würde ich doch Milch produzieren! Ich würde Milch geben! Vor Milch bersten! Und das ist zu irrsinnig, als daß jemand es glauben könnte! Selbst ich nicht! DAS IST NICHT MÖGLICH!»

Aber offenbar ist es möglich. Da sie in der Lage

sind, die Milchproduktion von Kühen durch Injektionen mit dem laktischen Wirkstoff STH, dem Wachstumshormon, zu steigern, haben sie die Hypothese aufgestellt, daß ich, bei entsprechender Hormonbehandlung, sehr wahrscheinlich zu einer milcherzeugenden Brust werden würde. Es gibt jetzt Tage, an denen ich ihnen sagen möchte: «Los, versucht's doch, ihr verlogenen Hunde.» Ich bin sicher, daß es unter den Wissenschaftlern solche gibt, die sich auf diese einmalige Gelegenheit stürzen würden. Vielleicht biete ich sie ihnen, wenn ich genug habe von meinem jetzigen Zustand. Und wenn ich dabei nicht draufgehe? Wenn sie Erfolg damit haben? Nun, dann werde ich wissen, daß ich entweder verrückter bin als je ein Mensch zuvor oder daß ich tatsächlich eine Brust bin und nicht bloß ein endokriner ‹Fall›, der immer noch auf den Namen David Alan Kepesh hört.

Inzwischen sind fünfzehn Monate vergangen – ich habe ihre Zeitangabe akzeptiert, warum nicht? – und im Augenblick befinde ich mich in einem Zustand relativer Ausgeglichenheit. Die Hälfte einer jeden Stunde, die Claire bei mir verbringt, ist dem sinnlichen Vergnügen gewidmet, die übrige Zeit unterhalten wir uns. Sie hilft mir bei meiner Beschäftigung mit Shakespeare. Ja, ich höre mir in letzter Zeit Plattenaufnahmen der großen Tragödien an. Ich begann mit dem Geschenk der Schonbrunns: Olivier als *Hamlet*. Die Platte lag Monate hier bei mir herum, bis ich Mr. Brooks (der übrigens, wie sich herausgestellt hat, ein Neger ist, so daß er in meiner Vorstellung aussieht wie der Senator von Massachusetts) um die Freundlichkeit bat, sie für mich auf den Plattenspieler zu legen. Dahinter steht, daß ich seit dem College vorgehabt habe, Shakespeare wieder einmal zu lesen, aber da es immer so viel gab, was ich überhaupt noch nie gelesen hatte, war ich nie dazu gekommen; es war eine jener tausend kulturellen Bestrebungen, von denen ich dachte, es würde mir ‹guttun›, sie ‹eines Tages› in die Tat umzusetzen. Es könnte sein, daß ich einmal mit Debbie Schonbrunn darüber gesprochen habe, damals, in Palo Alto. Und daß sie es behalten hat. Wenn dem so ist, so war es wirklich das liebevollste, wohlüberlegteste Geschenk, das sie mir machen konnte. Und doch, werden Sie sagen, sei ich so wütend auf sie gewesen. Nun ja, das beweist nur, daß Menschen oft aus feinerem Stoff gemacht sind, als wir ihnen zugestehen wollen, nicht wahr? Andererseits ist da ihr Mann – doch genug, genug, er konnte nichts dafür, wie man so sagt ... Ich verbringe jeden Morgen mehrere Stunden damit, mir Laurence Olivier als Hamlet und Othello anzuhören, Paul Scofield als Lear, eine Aufführung des Old Vic von *Macbeth*. Da ich einem Text nicht folgen kann, wenn ich ihn nur *höre*, entgeht mir die Bedeutung eines ungebräuchlichen Wortes, oder meine Gedanken fangen an zu wandern, und wenn ich wieder ‹da› bin, stelle ich fest, daß ich bei ganzen Strophen ‹schwimme› – sowohl, was die Syntax angeht, wie den Sinn. Ich bemühe mich angestrengt, *nicht* die Stelle zu verlieren, sozusagen, aber ungeachtet dieser Anstrengung – diese Anstrengung! Immer diese Anstrengung! – mich auf die Misere von Shakespeares Helden zu konzentrieren, fahre ich fort, über meine eigene Misere nachzudenken, mehr als mir lieb ist.

Die Shakespeare-Ausgabe, die ich im College benutzte – Neilson und Hill: *Die gesammelten dramatischen Werke und Sonette von William Shakespeare*, in blauem, von meinen bemühten Schülerhänden stellenweise abgegriffenem Leineneinband und, auf der Suche nach Weisheit, hier und da dick unterstrichen – liegt neben meiner Hängematte auf dem Tisch. Es ist eines der verschiedenen Bücher, die Claire mir auf meinen Wunsch aus meiner Wohnung mitgebracht hat. Ich erinnere mich so gut daran, wie es aussieht, und zum Teil ist das der Grund, warum ich es hier haben wollte. Aus den Fußnoten liest Claire mir die Bedeutung der elizabethanischen Worte vor, die ich längst vergessen habe, oder sie liest mir langsam einen Abschnitt vor, der mir am Morgen entgangen ist, weil meine Gedanken von Schloß Helsingør zum Lenox Hill-Krankenhaus wanderten. Ich habe das Gefühl, es sei wichtig, jene Stellen noch einmal durchzugehen, damit ich sie ‹mitkriege›, bevor ich einschlafe. Es könnte sonst den Anschein erwecken, daß ich mir *Hamlet* aus dem gleichen Grund anhöre, aus dem mein Vater die telefonischen Anrufe in der Stadtküche meines Onkels Larry entgegennimmt: um die Zeit totzuschlagen. Ich gebe mir wirklich so viel Mühe mit mir selbst, wie ich kann.

Olivier, wissen Sie, ist ein großer Mann. Ich hab mich ein bißchen in ihn verliebt, etwa so, wie ein Schulmädchen einen Filmstar anschwärmt. Noch nie habe ich meine Aufmerksamkeit in dieser Weise auf ein Genie konzentriert, nicht einmal beim Lesen. Als Student und dann als Professor war mein Verhältnis zur Literatur notgedrungen von Befangenheit und Formulierungszwang getrübt; entweder lernte ich, oder ich lehrte. Doch das liegt, wie so vieles andere, hinter mir; jetzt höre ich nur noch zu.

Zunächst versuchte ich Olivier zu kopieren, und es gelang mir – Zeit genug steht mir ja zur Verfügung –, ganze Monologe auswendig zu lernen und sie in seinem Tonfall aus dem Gedächtnis herzusagen – in seinem Tonfall, seinem Rhythmus und in seiner Auffassung. Diese Monologe rezitierte ich, wenn ich abends allein war, zu meinem eigenen Vergnügen. Im College spielte ich in Stücken mit, die der Theaterverein zur Aufführung brachte; immer schon konnte ich Leute gut kopieren und hatte auch ein gewisses schauspielerisches Talent, mit dem ich gelegentlich meine Studenten entzückte. Es klingt wirklich fast genau wie Olivier, dachte ich, als ich eines Abends den Schlußmonolog aus *Othello* vor mich hin sprach. Doch dann ging mir auf, daß ich beobachtet werde – es war zwar Mitternacht, aber niemand hat mir bis jetzt einen plausiblen Grund dafür genannt, warum die Fernsehkamera zu irgendeiner Stunde des Tages oder der Nacht außer Betrieb sein sollte – und also beendete ich meine Darbietung. Was sollte mir wohl daran liegen, noch närrischer oder bemitleidenswerter zu erscheinen, als ich es schon bin? Ich sagte zu mir selbst: «Komm, David, das wird jetzt *zu* bitter und herzzerreißend, eine Brust, die ‹Und fügt hinzu: Als einstmals in Aleppo …› rezitiert. Die Wissenschaftler werden deinetwegen in Tränen ausbrechen.» Bitterkeit, geneigter Leser, noch dazu eine von der nicht recht ernstzunehmenden Sorte, gönnt meiner Würde ein wenig Ruhe, ich bitte euch. Dies ist keine Tragödie, ebensowenig wie eine Farce. Es ist nur das Leben und, ob Ihnen das nun zusagt oder nicht, ich bin nur ein Mensch.

Haben die Romane mir das eingebrockt? «Wie wäre das möglich, Mr. Kepesh?» fragt Dr. Klinger. Nein, Hormone sind Hormone, Kunst ist Kunst. Das hier ist nicht aus mir geworden, weil die großen Imaginationen mich zu sehr beeindruckt haben. «Aber», sage ich, «es wäre doch möglich, daß das meine Art ist, ein Kafka zu *sein*, oder ein Gogol oder ein Swift. *Die* konnten sich diese phantastischen Verwandlungen *erdenken* – sie waren Künstler. Ihnen war die Sprache gegeben und jene besessenen, kreativen Gehirne. Mir nicht. Also mußte ich die Sache *leben.*» «Sie mußten?» «Um *mein* Kunstwerk zu schaffen. Ich hatte dieses künstlerische Verlangen – ohne den dazu nötigen Abstand. Ich liebte das Extreme in der Literatur, ich verehrte diejenigen abgöttisch, die es zustande brachten, ich war fasziniert von seiner Bildersprache, von seiner Kraft und seinem Beziehungsreichtum –» «Und? Ja? Die Welt ist voll von Kunstliebhabern – also?» «Also wagte ich den Sprung. Über die Sublimierung hinaus. Und dann formte ich das Wort zu Fleisch. Ich habe Kafka übertroffen. Er konnte sich nur *vorstellen,* daß ein Mensch sich in eine Küchenschabe verwandelt. Aber sehen Sie, was ich getan habe.» Sogar ich lachte. Denn wo, wenn ich fragen darf, sind die Wurzeln meiner Kunst? Warum ausgerechnet David Alan Kepesh, Professor der vergleichenden Literaturwissenschaft an der staatlichen Universität von New York in Stony Brook? Aber warum dann Kafka? Warum Gogol? Warum Swift? Vielleicht haben sie sich das sogar selbst gefragt. Warum überhaupt jemand? Große Kunst stößt dem Menschen zu, wie alles andere auch ... Ah, aber ich darf meinen Blickwinkel nicht aus den Augen verlieren. Keine Wahnvorstellungen, und Größenwahn schon gar nicht.

Aber wenn schon nicht Größe: wie wär's mit Leichtfertigkeit? Wie wär's mit Verworfenheit? Ich könnte reich sein, wissen Sie, ich könnte reich sein und berühmt, und jede Stunde des Tages vor Lust stöhnen. Ich könnte meinen Freund bitten, mich zu besuchen, den unternehmungslustigen jüngeren Kollegen, den ich schon erwähnt habe. Bis jetzt habe ich seinen Besuch abgelehnt, und nicht, weil ich eine Wiederholung meines Erlebnisses mit Arthur Schonbrunn befürchte; ich habe keine Angst vor unbezähmbarem Gelächter, sondern vor *ernsthaftem Rat*. Ich fürchte mich vor jemandem mit einer neuen Idee, wie ich dieses Leben weiterführen sollte. Jetzt fürchte ich mich davor, daß ein Besucher bei mir erscheint, der mir sagt, es sei verrückt von mir, in diesem Zustand brav und tapfer hier in einer Hängematte herumzuliegen, mir Schallplatten anzuhören, mit meinem Psychiater zu reden und mir dreißig Minuten am Tage das verpassen zu lassen, was eine wohlerzogene, gesittete Lehrerin für heißen Sex hält ... Ich könnte also meinen Freund zu mir bitten und könnte sagen: «Ich will hier raus. Wir nehmen alles an Pumpen und Röhren mit, was nötig ist, um mich am Leben zu erhalten. Wir können so viele Ärzte und Krankenschwestern anheuern, wie meine Pflege es erfordert. Es hängt mir zum Hals raus, mich darum zu sorgen, daß ich Claire verlieren könnte. Soll sie hingehen und sich einen neuen Liebhaber nehmen, dessen Samen sie auch nicht schlucken wird, und mit ihm ein normales Leben führen. Ich bin es müde, mich gegen den Verlust ihrer Güte abzusichern. Ich bin es ebenfalls müde, dem Gefasel meines Vaters zuzuhören; er langweilt mich. Und wieviel mehr Shakespeare kann ich mir in einem Leben noch anhören? Ich weiß, daß alle berühmten Theaterstücke der westlichen Literatur heute auf Langspielplatten zu haben sind; ich weiß, daß ich zu Sophokles übergehen könnte, zu Sheridan, Aristophanes, Shaw, Synge, Racine usw. – aber wozu? Das hieße wirklich die Zeit totschlagen. Für eine Brust ist es geradezu *Mord* an der Zeit. Mein Freund, ich werde jede Menge Geld machen. Ich glaube nicht, daß das allzu schwierig sein dürfte. Wenn die Beatles das Shea Stadium füllen können, so kann ich es auch. Wir werden gründlich darüber nachdenken müssen, du und ich, aber wozu wäre unser beider Intelligenz gut, wenn nicht dazu, derlei Dinge durchzudenken? Dazu, noch mehr Bücher zu lesen? Ich werde Hunderttausende von Dollars verdienen. Und dann werde ich Mädchen haben, ich will zwölf- bis dreizehnjährige Mädchen. Ich will drei, vier, fünf und sechs Mädchen zugleich. Ich will, daß sie alle zugleich an meiner Brustwarze lecken. Ich will, daß sie mich, nackt und kichernd, tagelang streicheln und an mir saugen. Und wir werden sie auftreiben, mein Freund, das weißt auch du. Wenn die Rolling Stones sie auftreiben, wenn Charles Manson sie auftreibt, können wir das auch. Es werden sich auch Frauen finden, die bereitwillig ihre Schenkel öffnen – für etwas so Neues und Aufregendes wie meine Brustwarze. Wir werden überrascht sein über die Anzahl von Frauen – darunter verheiratete Mütter –, die, in ihre Chinchillas gehüllt, an die Garderobentür klopfen. Wir werden nur zu wählen brauchen, nicht wahr, auszuwählen nach Schönheit, Bildung, gutem Benehmen – und Laszivität. Und ich werde irrsinnig glücklich sein. *Und ich werde irrsinnig glücklich sein.* Weißt du noch – Gulliver bei den Bewohnern von Brobdingnag? Wie die Dienerinnen des Königs ihn auf ihren Brustwarzen spazieren ließen, bloß so, zum Spaß? *Ihm* machte es keinen Spaß, dem armen kleinen Kerl. Aber schließlich war er ein humanistisch gebildeter englischer Arzt, ein Kind des Zeitalters der Vernunft, der gefährdet und unter höchst mißlichen Umständen in einem barbarischen Land unter Riesen lebte. Doch das hier, mein Freund, ist das Land der günstigen Gelegenheiten im Zeitalter der Selbstverwirklichung, und ich bin David Alan Kepesh, die Brust, und ich habe vor, nach meiner eigenen Façon selig zu werden!»

«Selig zu werden oder zu sterben?»

«Das werden wir ja sehen, Doktor.»

Lassen Sie mich die Vorlesung mit einem Gedicht des hochangesehenen Dichters Rainer Maria Rilke schließen. Sie alle wissen, wie gern wir passionierten und wohlmeinenden Literaturprofessoren unsere Vorlesungen mit etwas *Bewegendem* enden lassen, das die

Studenten aus dem jungfräulichen Hörsaal mitnehmen können, hinaus in die besudelte Welt der Schlafsäle und der Drogen. Wie hätte dieser seiner Würde entkleidete Professor dem widerstehen können, da es doch sehr möglich ist, daß er, aufgrund seiner kürzlich erworbenen Berühmtheit, die Beachtung einer riesigen Schafherde findet, der sowohl große Dichtung wie große Katastrophen unbekannte Größen sind.

(«Berühmtheit?» sagt Dr. Klinger. «Ganz gewiß weiß es inzwischen die ganze Welt», sage ich, «ausgenommen vielleicht die Russen und die Chinesen.» «Ihrem Wunsch gemäß ist Ihr Fall mit aller nur möglichen Diskretion behandelt worden.» «Aber meine Freunde wissen es. Das Personal hier weiß es – einige davon jedenfalls. Das genügt ja wohl, damit ein pikanter, grotesker Leckerbissen unter die Leute kommt.» «Das stimmt. Aber ich glaube eigentlich, sobald es nach außen hin durchsickert, sobald es nicht nur die Ihnen Nahestehenden wissen, sondern es auch den Mann auf der Straße erreicht, wird er es nicht glauben wollen.» «Er wird denken, es ist ein Witz.» «Er wird denken, es ist irgend so eine Geschichte, ja, das heißt, wenn er seine eigenen Sorgen so lange vergessen kann, daß er überhaupt zuhört.» «Und die Massenmedien?» «Nichts dergleichen, wirklich nicht.» «Das nehme ich Ihnen nicht ab, Dr. Klinger.» «Dann nicht. Ich werde mich nicht herumstreiten. Ich habe Ihnen das schon vor langer Zeit gesagt, und das sollte genügen. Zuerst gab es Nachfragen, natürlich. Doch wir hielten uns bei Auskünften streng an das Ihnen laut Gesetz zustehende Recht auf Ihr Privatleben. Einige insistierten, aber schließlich müssen auch diese Leute ihr Brot verdienen wie jedermann, und sie eilen an den Ort der nächsten Katastrophe.» «Dann weiß also niemand alles, was geschehen ist?» «Alles? Niemand, außer Ihnen, Mr. Kepesh.» «Na schön, vielleicht sollte *ich* sie dann aufklären.» «Dann werden Sie *wirklich* berühmt werden, wie?» «Besser berühmt durch die Wahrheit als durch sadistischen Klatsch und überspannte Revolverblatt-Phantasien. Besser, sie hören es von mir als von den Trotteln und Idioten da draußen.» «Die Trottel und Idioten da draußen werden alles falsch interpretieren, wie sorgfältig und präzise Sie Ihren Bericht auch abfassen mögen. Was immer Sie sagen – man wird Sie nicht ernst nehmen, niemals – das sollten Sie sich jetzt schon klarmachen.» «Sie meinen, ich werde immer ein Witz bleiben?» «Für viele, ja. Ein Witz. Eine Groteske. Ein Scharlatan. Natürlich.» «Sie raten mir also, die Sache auf sich beruhen zu lassen.» «Ich rate Ihnen zu gar nichts», sagte Dr. Klinger, «ich erinnere Sie nur an die Allgegenwart und Allmacht unseres alten Freundes mit dem weißen Bart, der auf dem goldenen Thron sitzt.» «Mr. Wahrheit persönlich.» «Genau.»)

So laßt mich denn schließen, ihr Trottel und Idioten, Rabauken und Skeptiker, Freunde, Studenten, Verwandte, Kollegen und all ihr verwirrten und ungesegneten Unbekannten mit euren Milliarden von unterschiedlichen Fingerabdrücken und Gesichtern, laßt mich, meine Mit-Säugetiere, schließen mit einem Gedicht von Rilke, betitelt «Archaischer Torso Apollos». Vielleicht wird meine Geschichte, die hier zum ersten Mal in ihrer ganzen Vollständigkeit und mit aller mir zur Verfügung stehenden Wahrhaftigkeit berichtet wird, Ihnen zumindest Rilkes große Verse in neuer Weise erhellen, insbesondere seine abschließende Ermahnung, die nicht unbedingt eine so erhabene Gesinnung zum Ausdruck bringt, wie wir alle einst möglicherweise gern geglaubt hätten. Ja, laßt uns an unserer Bildung und unserer Selbsterziehung weiterbauen, wir alle miteinander.

Wir kannten nicht sein unerhörtes Haupt,
darin die Augenäpfel reiften. Aber
sein Torso glüht noch wie ein Kandelaber,
in dem sein Schauen, nur zurückgeschraubt,

sich hält und glänzt. Sonst könnte nicht der Bug
der Brust dich blenden, und im leisen Drehen
der Lenden könnte nicht ein Lächeln gehen
zu jener Mitte, die die Zeugung trug.

Sonst stünde dieser Stein entstellt und kurz
unter der Schultern durchsichtigem Sturz
und flimmerte nicht so wie Raubtierfelle;

und bräche nicht aus allen seinen Rändern
aus wie ein Stern: denn da ist keine Stelle,
die dich nicht sieht. Du mußt dein Leben ändern.

Philip Roth

Philip Roth, wurde am 19. März 1933 in Newark / New Jersey geboren. Er studierte an der Bucknell Universitiy in Lewisburg / Pennsylvania und graduierte 1965 an der Universität Chicago zum Master of Arts für englische Literatur.
«Ein Erzähler, handfest und lebensnah ...»
Martin Lüdke, Der Spiegel

Die Anatomiestunde *Roman*
(rororo 12310)

Mein Leben als Mann *Roman*
(rororo 13046)

Portnoys Beschwerden *Roman*
(rororo 11731)
Auf der Psychiater-Couch beginnt Portnoys großes, ungehemmtes Beschwerde-Solo, er redet sich seine eigene Biographie vom Leibe, sorglos, komisch, obszön, befreiend.
«Ein unwahrscheinlich lesbares Buch.» *Frankfurter Allgemeine Zeitung*

Die Prager Orgie *Ein Epilog*
(rororo 12312)

Der Ghost Writer *Roman*
(rororo 12290)

Goodbye, Columbus! *Ein Kurzroman und fünf Stories*
(rororo 12210)

Professor der Begierde *Roman*
(rororo 22285)
«Philip Roth besticht durch Aufrichtigkeit und Authentizität.»
Marcel Reich-Ranicki, FAZ

rororo Literatur

Sabbaths Theater *Roman*
(rororo 22310)
«Philip Roth triumphiert noch einmal mit einem grandiosen Roman: fürchterlich, unverfroren und unwiderstehlich. Sabbath ist zu einem unsterblichen Helden der Literatur geworden.»
Der Spiegel

Zuckermans Befreiung *Roman*
(rororo 12305)
Eine glanzvolle Satire auf die «Vorzüge» des Lebens im Rampenlicht.
«Der Roman ist spannend, sehr witzig und unterhaltend geschrieben.» *Frankfurter Rundschau*

Ein Gesamtverzeichnis aller lieferbaren Titel der *Rowohlt Verlage, Wunderlich* und *Wunderlich Taschenbuch* finden Sie in der *Rowohlt Revue*. Vierteljährlich neu. Kostenlos in Ihrer Buchhandlung.
Rowohlt im Internet:
www.rowohlt.de

3678/1